ÉCHOS POÉTIQUES

DE

L'AME CHRÉTIENNE

PAR THÉOPHILE BARIL

TOME PREMIER.

LA ROCHELLE

TYPOGRAPHIE DE G. MARESCHAL

1844

ÉCHOS POÉTIQUES

DE L'AME CHRÉTIENNE

LA ROCHELLE. — TYP. G. MARESCHAL.

ÉCHOS POÉTIQUES

DE

L'AME CHRÉTIENNE

PAR THÉOPHILE BARIL

❖

TOME PREMIER.

❖

LA ROCHELLE

—

1845

PROLOGUE

Eructavit cor meum verbum bonum :
Dico ego opera mea Regi !

Lingua mea calamus scribæ, velociter scribentis.

PSALM. XLIV.

Mon cœur ne contient plus le Verbe qui l'enflamme...
Et je chante à mon Roi les œuvres de mon âme!
Et ma langue obéit à son souffle divin ,
Comme la plume aux doigts du rapide écrivain....

PSAUME XLIV.

Je crois , à quelque parti religieux ou politique qu'appartienne celui qui lira nos Poésies , je crois , dis-je , que celui-là y trouvera au moins une conviction profonde, éclairée , inébranlable ! conviction née de méditations prolongées , de lectures pesées, comparées, de discussions nombreuses entre notre raison et notre âme, de discussions aussi nombreuses avec les philosophes de nos jours, ces raisonneurs orgueilleux comme des lions et faibles comme des roseaux exposés à tous les orages !

Puis, si cette personne est loyale dans son esprit et dans son cœur, je crois aussi qu'avant de condamner une conviction (et je pense que la conviction est toujours vérité ! et qu'on ne soutient jamais l'erreur par conviction, mais seulement par entêtement!), je crois, dis-je, qu'elle cherchera à l'ébranler par des témoins victorieux, je veux dire le levier imposant des preuves ! Mais, si cette conviction accusée et jugée ne peut être convaincue d'erreur, et fasse retomber sur ses accusateurs leurs propres accusations contre elle, je crois de même que ce lecteur, loyal dans son esprit et dans son cœur, s'élancera enfin avec nous dans la nouvelle carrière qu'il aura reconnue la meilleure, la plus vraie, la plus sûre, pour trouver ici-bas le bonheur intellectuel et corporel, et, plus que tout cela encore, l'inviolable assurance de l'acquisition du bien-être éternel !

La Foi du Moyen-Age triomphe dans nos vers, parce que l'on doit faire triompher la raison !

Un mot sur ce que nous autres Catholiques, entendons par cette expression : la raison ! On en a beaucoup abusé dans le dix-huitième siècle de bienheureuse mémoire (ce siècle qui marqua ses premiers pas par l'enivrement de l'orgueil, et qui finit par celui du sang!) et l'on en abuse encore beaucoup aujourd'hui! La philosophie s'écrie : Nous voulons la raison jugeant, discutant, examinant, argumentant, raisonnant, et nous rejetons la Foi du Moyen-Age, qui croit sans juger, sans discuter, sans examiner, sans argumenter, sans raisonner !

Nous autres Catholiques, aimons la raison plus que vous, Philosophes ! La Foi, c'est la raison ! Votre raison, c'est le rétrécissement de l'ignorance. Je prouve : Dieu créa l'homme raisonnable, c'est-à-dire immortel ! Il n'y a pas de preuve plus évidente de l'immortalité de l'âme ou de l'homme tout entier, que la pensée qu'a l'homme de la Divinité ! Il est aussi vrai de dire que la matière ne peut avoir l'idée de Dieu, qu'il l'est que le globe visible a été créé par une puissance invisible, parfaite, une, qui fut, est, et sera ! Si l'âme n'était pas immortelle, il est raisonnablement impossible qu'elle eût l'idée de Dieu ! il n'est donné qu'à l'immortalité de pénétrer l'éternité. L'homme reconnaît, voit, adore un Dieu, parce qu'il est l'image et l'un des rayons immortels de ce Dieu ! Parce qu'il est immortel ! .

Développons cette preuve invincible : L'Éternel a imposé ses lois à toute créature. Les cieux gravitent mélodieusement jusqu'à ce qu'il les brise! Les éléments obéissent sans jamais se désordonner! Ici la végétation, là la brute qui vit, rampe et meurt! Aucun de ces êtres animés ou inanimés ne sort du cercle des lois où la Puissance-Créatrice l'a jeté....'La matière inanimée se modifie sans percevoir de sensations; elle est, sans être! La matière qui vit, c'est-à-dire l'animal, va, se multiplie, satisfait ses appétits, accomplit les lois créatrices sans jamais s'en éloigner! Il n'est pas plus donné à l'animal de sortir de sa sphère, qu'au soleil de s'approcher trop près de notre globe terrestre! Aussi la brute vit, meurt et retombe au néant sans avoir eu l'idée de Dieu!

Et l'homme ferait un exception au système sublime sur qui l'univers, comme sur un pivot, roule invariablement!

Ah! cette exception serait si monstrueuse qu'elle ne tendrait à rien moins qu'à persuader à l'homme que tout est l'enfant du hasard! Quoi! l'homme seul dérogerait à l'ordre éternel! l'homme seul, né pour le néant, rêverait l'immortalité! Il sortirait de la condition de la brute pour aimer son Créateur! Né pour les jouissances animales, et devant nécessairement s'y attacher comme les autres êtres, il les foulerait aux pieds et rechercherait les félicités éternelles dans la bienheureuse contemplation de son Dieu !!! Quoi! l'homme néant, matériel comme le lion, le tigre

ou le serpent, briserait les lois de son être pour proclamer Dieu pendant le jour et pendant son sommeil !
L'homme devant avoir la même fin que le lion qui rugit,
dévore et retombe dans le néant, l'homme prendrait les
ailes de l'ange pour aller adorer, en pleurant d'amour,
l'Être-Évident au fond de son âme ! Celui qui devrait
dormir éternellement avec le reptile immonde, irait, dans
ses élans, presser les pieds de la Divinité en lui disant :
je vous aime... donnez-moi l'immortalité ! Cette monstruosité épouvanterait la Divinité elle-même ! elle recu-
lerait d'horreur ! elle voilerait son visage ! elle s'écrierait,
en ébranlant le ciel et la terre : je me suis trompée ! —
Et il n'y aurait plus de Dieu !

L'homme créé comme la brute pour le néant, quand
la brute mange, se satisfait et dort, l'homme sortirait
des lois de la brute, sa sœur et sa compagne, pour
combattre jour et nuit entre le vice et la vertu ! entre le
néant et l'immortalité ! entre l'inquiétude et la paix !
préférant la mort à l'injustice ! une vie malheureuse à
une existence heureuse, mais souillée de quelque crime !
pouvant, comme la brute, satisfaire ses appétits, et,
cependant, imposant à son corps et à son âme une pri-
vation étonnante ! Cette dérogation aux lois éternelles ne
pouvait avoir lieu que dans le cas où l'Univers fût l'œuvre
du hasard ! Mais l'existence de Dieu étant aussi visible
que le soleil, Dieu n'aurait pas permis que l'homme, le

plus grand de ses ouvrages, n'acquît cette grandeur qu'en dérogeant monstrueusement à ses lois, auxquelles nul être encore n'a pu déroger ! L'homme agit donc en vertu de sa nature ; il est donc libre sous le ciel ! Il est donc créé pour contempler son Créateur !!... Il n'est donc exilé un moment sur la terre que pour y gagner, par ses combats, la réalisation de ses rêves sublimes ! Il ne lui est pas plus maître de les étouffer, que de choisir le mal sans obscurcir son âme dans la noire fumée du remords ! L'homme est donc immortel parce qu'il a l'idée de Dieu ! et il n'a l'idée de Dieu que parce qu'il est libre ! L'homme choisit entre le bien et le mal : c'est l'effet d'une raison libre.... L'homme est donc raisonnable ! C'est ce libre arbitre qui fait de l'homme un dieu ! C'est ce libre arbitre qui le distingue de la brute ! La brute suit l'instinct de son être et ne s'en écarte jamais ! L'homme au contraire est à la fois poussé vers le gouffre du mal et vers le ciel du bien ! Il tombe dans l'un pour se perdre, ou triomphe dans l'autre pour se sauver, parce qu'il le veut ! L'homme est libre, parce qu'il est immortel ! immortel, parce qu'il à la pensée de Dieu ! Le lion ou le tigre se jette par instinct sur sa proie innocente, la dévore et demeure tranquille ! L'homme s'arrête, réfléchit, hésite, et triomphe du mal ! Succombe-t-il pour accomplir ses insatiables désirs, il est bientôt hideux à lui-même comme aux autres ! Le remords du mal est donc l'effet de la raison ! L'homme est donc raisonnable !

Voilà encore une des épreuves invincibles de l'immortalité de l'âme : l'homme comprend la mort, il sait qu'il doit mourir d'un moment à l'autre, il la craint dans son sommeil, il la craint quand il veille, et cette idée empoisonne sans cesse le miel qui dans le calice de la vie se trouve encore de temps en temps ! Oui, comme les animaux qui souffrent sans comprendre qu'ils vont mourir, et surtout sans redouter le néant qui se dessine hideux dans la mort ; oui, comme les animaux qui vieillissent sans comprendre qu'ils sont près de tomber dans le néant et sans désirer de vivre toujours, l'homme, s'il n'était pas immortel, n'aurait que l'instinct de sa conservation matérielle ! Il chercherait, comme l'animal, à s'épargner, instinctivement et non intellectuellement, le péril et la mort, mais sans comprendre la mort, mais sans raisonner sur la mort, mais sans la craindre, l'attendre dans le repos de son lit ou dans les voluptés les plus brutales ou les plus spirituelles ; comme la brute, il jouirait sans empoisonner ses jouissances de l'idée de la mort ! L'homme est donc immortel ! Il a la pensée de la mort que, seul entre tous les êtres, il porte partout avec lui, comme l'oiseau blessé porte et traîne dans les airs la flèche qui l'a traversé, jusqu'à ce que des hauteurs de l'azur, il tombe expirant ! Il a la pensée de la mort, parce qu'il doit vaincre la mort à la dissolution de sa prison d'argile ! Et Dieu n'a donné à l'homme cette pensée salutaire, que pour lui rappeler sans cesse qu'il est ici-bas étranger, et qu'il doit tendre sans cesse par les aspirations eucharistiques de l'âme chrétienne, à la jouissance des biens incorruptibles de la céleste Patrie! D'ailleurs, la mort est si hideuse, elle répugne tellement à l'homme, elle lui inspire une si grande horreur, qu'il est obligé de proclamer comme malgré lui cette vérité consolante : La mort n'est pas naturelle! L'homme ne fut pas d'abord créé pour mourir, même corporellement! Il n'a horreur de la mort que parce qu'il est immortel et qu'il ne la craint pas! Il reconnaît, selon l'expression étonnante d'un Livre étonnant lui-même, que l'homme fut créé *inexterminable!* que Dieu n'a pas créé la mort! que l'homme enfin fut orgueilleux, et que son orgueil le brisa dans sa chute; mais que Dieu releva plus beau son ouvrage racheté de la mort par un Dieu incarné dans l'humanité! que la mort enfin est le déchirement odieux de la loi éternelle, où, comme dans un cercle infini, roule et agit librement l'homme immortel! et que Dieu lui-même, épouvanté comme l'homme de la mort de l'homme, se hâte de proclamer la résurrection universelle....

L'homme mortel, avec l'idée de la mort dont il est sans cesse préoccupé, rongé nuit et jour, serait un monstre de douleurs, dont la nature aurait elle-même horreur! La nature ne fait des monstres que par exception rare, et toujours matériellement! Si un homme seul sur cent mille avait la pensée de la mort, on dirait : c'est une douloureuse exception ; mais il n'en est pas ainsi, puisque tous les hommes, sans en excepter un seul, tressaillissent sous l'idée terrible de la mort ! Au contraire, s'il se trouvait un homme bien organisé, sans avoir l'idée de la mort, non plus que les animaux, cet homme serait une exception hideuse, et comme un mystère insoluble, car il serait brute ! L'homme est donc immortel ! Voilà comme nous autres Catholiques, raisonnons, discutons, jugeons, examinons, argumentons, selon la Foi du Moyen-Age, et sans invoquer la Philosophie, mais en invoquant la raison, aidée de la révélation incarnée en nous par la Communion ineffable !

Il n'y a pas jusqu'aux songes qui ne soient une voix éloquente, surnaturelle, inexplicable, il n'y a pas jusqu'aux songes qui ne soient une preuve victorieuse en faveur de l'immortalité de l'âme ! Le bonheur que l'homme, au milieu des veilles, cherche vainement à réaliser, ce bonheur, il le possède, il le goûte à longs flots et en réalité dans un songe mystérieux ! Dieu est plus visible à l'âme de l'homme qui dort, qu'à celle de l'homme qui veille ! La chair endormie semble laisser plus de liberté à l'esprit enchaîné ! Il y a tel de ces rêves dont l'impression bienheureuse ne s'efface jamais en nous ! Pourquoi ? Parce qu'ils nous ont initiés, pendant quelques heures de la nuit, aux voluptés du ciel, si pures, si délicieuses, que les mots d'ici-bas ne peuvent les exprimer ! Dieu, par ces rêves heureux, (et quelle âme vertueuse ne fait pas de doux songes, puisqu'ils sont pour elle comme la sérénité de l'azur est pour l'étoile printanière?) Dieu, par ces rêves enchantés, nous donne une idée du bonheur que nous aurions toujours connu sur la terre et que nous ne posséderons en réalité et toujours que dans les cieux! Je dis plus... Les songes sont encore un aliment immortel à la faim et à la soif insatiables que l'âme immortelle a de l'immortalité bienheureuse! Approchez-vous de la couche de cet humble mortel, riche d'innocence, et quelquefois pauvre de gloire et d'or! A peine si l'on entend son souffle! Il est calme! Il est immobile... il dort! le souris des anges court sur ses lèvres paisibles. De temps en temps, son front semble frissonner bienheureusement, comme sous l'aile d'un habitant des cieux. Il rêve! il se réveille, et il se dit: Mon Dieu, quel songe heureux! Ce que j'y ai ressenti est si doux, si pur, si mystérieux, si indicible, que jamais, dans les longs jours de mes veilles, je n'ai joui d'un pareil bonheur! Et cet homme se lève tout nouveau, comme l'aigle dont le printemps vient de renouveler la jeunesse, s'élance rajeuni dans l'espace, et cet homme se lève tout nouveau, tout altéré, tout dévoré de la soif de la félicité suprême à laquelle ce songe l'a initié si délicieusement. Le bonheur! le bonheur! c'est son cri, c'est son âme, c'est sa vie! Il comprend, par ce songe qu'il n'oubliera jamais, que l'homme est fait pour le bonheur suprême, et qu'il a de temps en temps des jouissances intérieures qui sont comme une intuition de la beauté divine et de l'immortalité. Il y a des voluptés si intellectuelles et si indépendantes de la matière, que l'âme y sent, y voit, y embrasse Dieu, comme l'enfant voit, sent et embrasse en esprit son père qu'il a déjà vu. Oui, l'immortalité se révèle dans les songes! Dieu ou la Sagesse ne laisse jamais l'homme dans le calme stupide de la brute! Elle dort... et l'homme veille encore en dormant! elle est satisfaite et son sommeil est de plomb! et l'homme est encore agité de rêves terribles, ou bienheureux dans des songes angéliques qui, au réveil, dans le premier cas, l'attristent et le préoccupent; dans le second cas, le portent toujours aux pieds de son Dieu pour lui chanter l'hymne de la reconnaissance et de l'immortalité! Par les songes, l'homme communique avec Dieu! Par les songes, l'homme est heureux ou malheureux, mais toujours plus altéré d'un bonheur dont la réalisation ne se trouve que là-haut. Si l'homme était matériel, le sommeil serait pour lui comme la mort; mais, au contraire, il est pour lui une seconde vie, bien plus grande, bien plus réelle, et souvent bien plus heureuse que l'existence hors du sommeil! Si l'homme était néant, il n'aurait pas de songes pour altérer son âme du bonheur parfait, pour l'inquiéter et pour le tourmenter! Il dormirait comme la brute! Mais, l'homme est immortel, et il songe! Il songe, parce que Dieu veut que, dans son sommeil même, il soupire vers le bonheur pour lequel il a été créé. L'homme est immortel! Si l'homme était brute et la proie du néant, Dieu serait injuste, Dieu n'existerait pas!... Quoi! Dieu tourmenterait l'homme jusque dans son sommeil ! Et les brutes y sont paisibles ! Dieu existe ! il est juste , et sa voix crie toujours à l'homme veillant ou dormant : « Exilé , » pense à ta Patrie... là seulement est le bonheur ! »

Qu'il serait malheureux , ô mon Dieu , l'homme... si son âme n'était pas immortelle ! De tous les êtres le plus beau et le plus digne de vous , il serait aussi le plus infortuné ! plongé dans l'inquiétude du moment, du lendemain, des années futures ! s'élevant jusqu'à vous , et retombant au sein de ses misères comme un aigle blessé ! se relevant encore pour retomber encore ! vous aimant, vous adorant ! ne trouvant de calme que dans l'idée de votre existence ! Qu'il serait malheureux, l'homme, d'avoir pu , étant brute , déroger aux lois de la brute , pour se rendre le plus sublime , mais aussi le plus infortuné des êtres ! Ah ! cette monstruosité du néant est aussi creuse que la monstruosité de l'athéisme ! L'homme pardonne à l'homme qui le tyrannise et lui fait boire le fiel des douleurs ; l'homme pardonne par amour pour vous , et l'homme comme la bête tomberait dans le néant ! La Raison foudroie cette folie infâme , comme le tonnerre réduit en cendre le cèdre orgueilleux !

Philosophes , maintenant je reviens à cette raison dont vous êtes idolâtres ! à cette raison que vous invoquez toujours, et que nous invoquons plus que vous ! à cette raison de l'homme immortel.

Nous autres Catholiques , nous aimons , nous procla-
mons la raison plus que vous ! mais il y a cette différence
de toute la profondeur d'un abîme entre votre raison et
la nôtre : c'est que votre raison est la raison du vieil
homme , raison bornée , étroite , obscurcie , dégradée
par la chute, aujourd'hui prouvée et évidente , de notre
premier *Père*, raison orgueilleuse et se trompant toujours !

Notre raison , à nous autres Catholiques , c'est la vôtre ,
c'est votre raison , mais éclairée , mais agrandie , mais
fécondée , mais régénérée , mais rajeunie , mais divinisée
par la Foi révélée ! Avec cette raison , rien d'obscur qui
ne s'éclaire , rien de profond et de secret qui ne soit mis
à nu ! Là , où avec votre raison erronée , vous vous trouvez
arrêtés comme par un vaste mur ténébreux et glacé , et
que vous dites : je ne comprends pas cette obscurité et je la
nie ; nous autres Catholiques, libres avec notre raison in-
faillible, nous ne voyons que lumière, sagesse, immensité !
Ce qui vous effraie nous ravit ! Les difficultés qui vous
tourmentent s'évanouissent devant nous ! Là , où vous ne
voyez que ténèbres, nous ne voyons que clarté ! et où vous
ne voyez que raison lumineuse , nous ne voyons que
sophisme funèbre ! Cette raison de la Foi nous inspire
toujours pour résoudre tout ce qui pourrait inquiéter
notre Croyance ! Nous discutons, nous jugeons, nous examinons toujours victorieusement ! Nous sortons toujours
des luttes et des discussions, plus convaincus de la divinité

de la Foi du Moyen-Age ! La discussion vous ébranle, et elle nous affermit ! Vous lancez de vains éclairs, et nous lançons des foudres écrasant, pulvérisant vos sophismes ! Votre vieille raison vous abandonne quand il s'agit de pardonner une injure, et notre Raison-Nouvelle nous fait aimer celui qui nous a frappés ! Votre raison vous manque dans les maux, et la nôtre nous fait victorieusement lutter avec eux ! Enfin votre raison ne vous montre au bout du chemin qu'un tombeau rempli de pourriture et scellé des mains hideuses du néant ! tandis que notre raison sublime nous fait entrer en nous donnant la main, dans les palais ineffables du Catholicisme-Éternel ! A l'heure de la séparation, vous rampez embarrassés dans les replis du serpent du doute ; et nous, sur les ailes rapides de l'Hostie, nous franchissons les cieux !

Voilà la raison qui brille dans nos vers : nous eussions mieux aimé ne pas chanter que de le faire selon la raison philosophique ! J'aimerais mieux ne pas parler en public et ne jamais écrire, que de le faire philosophiquement. Je sais qu'en disant la vérité à ce siècle de mensonge, j'aurai moins de prospérité et d'argent ; mais j'aime cent fois mieux quelques privations matérielles, que de ne plus sentir l'ineffable sourire de Dieu sur les lèvres de mon âme :

Servons-nous de l'argent, mais ne le servons pas !

Le Poète-Chrétien ne se laisse pas entraîner par le

torrent du siècle : au contraire , nouveau Dieu d'Israël ,
il entraîne le torrent et le fait remonter vers sa source !
On n'est pas à la hauteur de son siècle, parce qu'on rampe
sous lui , mais parce qu'on lui commande ! La vérité n'est
grande dans le monde et n'y triomphe que parce qu'elle
s'est opposée au monde dont elle est victorieuse !

Mon but, je ne le cache pas , c'est d'aider le Catholicisme à rappeler en France la Foi du Moyen-Age ! Cette
Foi du Moyen-Age que le Philosophe calomnie, mais que
le Poète et l'Artiste prennent pour leur incomparable
modèle ! Était-il ignorant et barbare, ce Moyen-Age qui a
enfanté tant de merveilles : — Cathédrales d'ineffable majesté ! — Sculpture merveilleuse d'élégance , d'énergie ,
d'expression qui fait tressaillir , de hardiesse inouïe qui
va jusqu'à vous effrayer , de profondeur , de richesses et
de mysticité vous ravissant, vous charmant et vous étonnant ! — Musique surhumaine des Archanges , et que nos
musiciens modernes sans croyance, ne peuvent égaler !
— Peinture inspirée, mystérieuse, inimitable ! — Littérature originale , éloquente , naïve, mystique, sublime,
littérature dont l'Imitation, le plus beau livre du monde
après la Bible , est l'enfant immortel et admirable, littérature enfin que notre siècle de régénération imite avec
enthousiasme dans la nouvelle École-Romantique que nous
devons regarder comme une réaction catholique et divine
contre la littérature et les arts païens qui avaient réussi à

envahir la France pour faire asseoir leur génie étroit et humain sur les débris de notre génie, inspiré admirablement par la Foi du Catholicisme !

Passons maintenant au style de l'ouvrage : On verra parmi ces morceaux, des pièces qui ne sont que les préludes d'une lyre de quinze, dix-huit et vingt ans... et d'autres, sorties de l'âme d'un jeune homme de vingt-cinq et même de vingt-huit ans. On en fera la distinction par la différence de style entre elles. En vieillissant, nous nous perfectionnerons. La gradation des progrès de style et de pensée est comme celle des différents âges de l'homme ! Ici plus de simplicité, de négligence et d'éclat ; là plus de profondeur, d'entraînement, de mélancolie et de perfection ! La jeunesse jouit et peint ; l'adolescence pleure, jouit encore, et médite les mystères du ciel et d'ici-bas !

Quant à l'extérieur dévot de notre livre, il épouvantera peut-être les esprits forts et gâtés par la prévention si téméraire ! Peut-être que la frivolité qui croit niaisement que le vrai dévot est un esprit étroit, au mot de *Jésus*, ou d'*Hostie*, ou de *Catholique*, ou de *Marie*, trouvé en ouvrant au hasard nos Poésies, fermera le livre en disant : c'est trop dévot !

Hélas ! les gens de cette nature sont plus dignes de pitié que de haine !

Fuyons l'égarement, aimons l'homme égaré...

Aveugles-nés , ce n'est pas le soleil qu'il faut faire briller à leurs yeux qui ne peuvent s'ouvrir ; non : mais il s'agit bien plus de prier pour eux le Verbe qui rend encore la vue aux aveugles spirituels !

« La moitié d'une vérité ce n'est pas seulement une fai-» blesse ; la moitié d'une vérité c'est un mensonge. * » Et moi j'ai dit la vérité tout entière , avec la conviction du vrai Catholique. Mais aussi j'aurai des ennemis ; la vérité n'en a manqué et n'en manquera jamais ! On pourra me condamner témérairement sans m'entendre , car tout est. plein de jugements téméraires , dit le profond génie dont le nom est répété incessamment par les échos de la vieille Hyppone : *Temerariis judiciis plena sunt omnia.* Mais que sont les paroles des hommes ? Elles passent avec eux, et la vérité demeure ! La réaction de Dieu est quelquefois lente à se manifester , mais elle est d'autant plus terrible, qu'elle s'est fait le plus attendre. Et quand l'heure de la justice suprême a sonné , « il arrête les desseins des hommes avec » la même facilité qu'un peu de sable arrête la fureur de » la mer ! » Qu'est devenu le roi du dix-huitième siècle ? Voltaire , le Génie du mal , adoré comme un dieu ? Le Philosophe est effacé de la surface de la terre ! Il est autant oublié, annihilé, détesté, qu'il était célèbre, admiré, aimé ! Le châtiment dont Dieu , dans sa réaction terrible , a accablé la mémoire flétrie de celui que Victor Hugo lui-même définit :

* M. de Lamartine.

> Un singe de génie ,
> Chez l'homme en mission par le diable envoyé...

doit épouvanter tout philosophe orgueilleux qui voudrait faire triompher le mensonge sur les débris sanglants de l'éternelle Vérité !

De nos jours on peut parfaitement et nouvellement appliquer à Voltaire la parole sublime dont le Poète-Roi se servit pour caractériser le triomphe et le châtiment de l'impie de son siècle :

> Vidi impium superexaltatum , et elevatum sicut cedros Libani :
> Et transivi , et ecce non erat : et quæsivi eum , et non inventus est locus ejus.

> . . . . . Le Psalmiste au pied des arbres du Liban ,
> Criait : « J'ai vu l'impie encensé sur la terre !
> » Comme un cèdre il portait son front dans l'atmosphère...
> » Sur son trône il brillait , mais tout à coup tombant ,
> » Il n'était plus qu'une froide poussière :
> » J'ai cherché ses débris sans pouvoir les trouver !
> » Jéhovah , votre bras est puissant pour sauver...
> » Jéhovah , votre bras est puissant pour détruire
> » La lâche impiété ! « Non , Dieu n'existe pas ! »
> » Mais voilà qu'on entend votre foudre bruire ,
> » Et l'athéisme hurle au milieu du trépas ! »

Oh ! puissent nos vers réchauffer les âmes , dont la harpe intérieure possède nativement, ou à laquelle il ne manque pas , ou ne s'est pas encore brisée la plus belle, la plus sonore , la plus harmonieuse de toutes ses cordes ,

celle de la Poésie ; car la Poésie , c'est l'âme ! l'âme qui
chante et qui pense et qui aime ; puissent nos vers ennoblir,
en la charmant, l'intelligence du jeune homme ou de la
vierge , comme un rayon du soleil d'automne caresse la
paupière du solitaire et vivifie tous ses sens , tandis que
ce rayon embellit autour de lui la nature mélancolique
près de jeter son dernier adieu à travers les rameaux qui
pâlissent et s'effeuillent en gémissant !...

LIVRE PREMIER.

PREMIER ÉCHO.

L'Harmonie des Cieux.

I

L'Harmonie des Cieux.

La nature obéit aux lois mystérieuses

De la création ! Étoiles radieuses,

Qui décrivez au fond de l'azur infini

Vos courbes sans heurter dans l'espace béni

Les constellations sur leurs pôles errantes ;

Mondes échevelés, ô comètes brillantes,

Qui, sans vous reposer, parcourez les déserts

Où Dieu balance encor l'admirable univers ;

Qui vous jouez au sein des millions d'étoiles

Sans jamais les choquer ; qui, traversant nos voiles

A l'époque annoncée, apparaissez encor

Ainsi qu'un chérubin avec des ailes d'or ;

Qui pourriez nous briser et nous réduire en flammes,

D'un déluge de feu faire éclater les lames

Sur notre humble planète !.. Et toi, brillant soleil,

Qui depuis six mille ans roules ton front vermeil

De l'aurore au couchant ; ô globe de lumière,

Qui ne t'arrêtes pas en ta belle carrière,

Qui ne t'égares pas dans ton vaste chemin

Où t'élança jadis un pouvoir surhumain,

Afin de faire éclore ici-bas l'existence ;

O ministre enflammé de la Toute-Puissance,

Océan de clarté, de vie et de chaleur,

Qui fais grandir le cèdre et sourire la fleur ;

Qui donnes au lion son ardente crinière,

Et revêts de blancheur l'agneau de la bruyère ;

Qui rajeunis encor de l'aigle audacieux

Les ailes le portant aux profondeurs des cieux,

Et fais sortir du roc la candide colombe,

Comme une âme franchit le néant de la tombe,

Tu pourrais, ô soleil, en t'approchant trop près,

Embraser le séjour de l'homme... Tu pourrais,

En t'éloignant, glacer notre belle planète !

Et toi, vierge d'amour, glissant sur notre tête,

Flambeau du voyageur, amante de celui

Qui chante sur son luth des hymnes à la nuit,

Compagne de la terre au milieu de l'espace

Qui nous parais le soir comme un ange qui passe,

Lune mystérieuse où la Divinité

Montre à nu sa douceur ainsi que sa bonté,

Toi qui traces toujours sur l'océan sublime

Un chemin lumineux dont tressaillit l'abîme,

Comme si le Sauveur eût marché sur les eaux ;

Toi dont les doux reflets argentent les coteaux ;

Qui laisses dans les bois errer comme un mystère

Tes lambeaux de clarté quand sommeille la terre ;

Qui, déployant là-haut toute ta pureté,

Fais resplendir l'azur dans sa sérénité,

Tu pourrais te heurter contre notre planète

En brisant le lien sublime qui t'arrête,

Et tout serait perdu... Mais, soleils infinis,

Astres mélodieux sur vos axes bénis,

Mais, constellations, étoiles nébuleuses

Qui faites ondoyer vos franges lumineuses,

Chœurs stellaires roulant dans cette immensité

Où notre âme se perd comme en l'éternité,

Comètes qui volez comme une flèche ardente,

Comme un dragon sifflant en sa course brûlante,

Terre, lune, soleil dans les airs balancés,

Dieu dit : « Obéissez... » et vous obéissez...

Le jour succède au jour, le siècle au siècle, encore

Les astres dans les cieux, à l'horizon l'aurore...

L'écho redit toujours dans l'espace infini :

« Obéissez... » et l'astre et s'incline et bénit...

Il bénit Jéhovah dont l'univers immense

N'est que l'ombre imparfaite !.. O belle Providence,

Vous jetez un souris au sein de l'univers,

Et l'univers répond par d'éternels concerts...

Gravitez et roulez, accomplissez, étoiles,

Vos révolutions au travers des grands voiles

Déployés dans l'azur des mille firmaments...

Brillez donc à nos yeux comme des diamants,

Et sous les pieds divins de la Gloire infinie,

Chœurs de Vierges rendez votre sainte harmonie

Que l'Archange éthéré répète dans les cieux,

Où coulent dans l'amour des flots mélodieux...

Ah ! le monde vieillit sans perdre sa jeunesse...

Tout ce qui commença va finir... Oh ! Sagesse,

Deuxième portion du Triangle enchanté,

Verbe éternel planant dans ton éternité,

Tu vois d'un seul coup d'œil ces millions de mondes

Majestueusement dans leurs routes profondes,

Aller, marcher, tourner, errer, monter, glisser,

Illuminer l'espace, avec ordre passer

Comme un esprit d'amour les uns auprès des autres.

Toi qui changeas la terre avec tes douze apôtres,

Verbe incréé, tu vois l'univers dans ta main,

Comme un flambeau moins grand que l'âme d'un humain ;

La foudre de ta voix a grondé sur la terre,

De la destruction le terrible mystère

Est apparu... Seigneur, tu dis : « En vérité,

» Les astres s'éteindront dans leur immensité,

» Les étoiles du ciel tomberont sur la terre,

» La lune et le soleil n'auront plus de lumière,

» Et les vertus des cieux jusqu'en leurs fondements

» Criront et craqueront dans leurs ébranlements...»

— Quand ton signe suprême, ô puissant Fils de l'Homme,

Tout-à-coup brillera dans l'espace du dôme,

Comme un éclair frappant l'un et l'autre horizons...

Et les fleuves émus dans le sein des vallons,

Et la mer agitée au milieu de ses lames,

Par son bruit effroyable étonnera les âmes

Qui, séchant de frayeur, dans leur abattement,

Verront le grand soleil du dernier jugement !

Ainsi vous finirez, ineffables étoiles,

Ainsi vous pâlirez dans l'azur de vos voiles ;

Sortant de votre orbite et vous heurtant, hélas!

Vous remplirez les cieux d'un immense trépas!

Les lois que sur vos fronts traça la main du Verbe ,

Inutiles alors , brûleront comme l'herbe ,

Et dans votre jeunesse et dans votre beauté ,

Pour obéir encore à la Divinité ,

Vous briserez vos chœurs les uns contre les autres

Et vous vous choquerez bientôt contre les nôtres :

La lune , le soleil , la terre , où votre Dieu

Répandit tout son sang dans un dernier adieu ,

Se confondront encore avec vous dans l'espace ,

Et l'horrible chaos retrouvera sa place...

Vous n'existerez plus et rien n'existera ,

La foudre du néant soudain éclatera ,

L'éternité de Dieu sera le nouveau monde ,

Et comme l'océan dans sa couche profonde

Rassemble en mille flots les gouttes de cristal ,

Qu'éclaire et fait briller le soleil matinal ,

De même Jéhovah , Jéhovah le grand Être ,

Que l'immortalité de l'homme peut connaître ,

Confondra dans son sein les amis de Jésus,

Rien ne sera que Dieu béni par ses élus...

Rien ne sera que vous Trinité grandiose ,

Qui pour l'homme immortel créâtes toute chose !

Rien ne sera que vous! L'homme ressuscité

Contemplera toujours votre immense beauté :

Le Verbe , en nourrissant le chrétien qui l'adore

De sa divine chair , dépose en lui l'aurore

Et le germe enchanteur de l'immortalité :

Le chrétien verra Dieu toute l'éternité !

O blanche Hostie,

Source d'amour,

Eucharistie,

Céleste jour,

Viens dans mon âme

Comme la flamme

Brille en nos yeux !

Sans ta présence,

Mon espérance

En ces bas lieux,

Pâlit et pleure

Sur un tombeau,

Et ma demeure

Sombre à toute heure

Est un cachot !

Donne des ailes

A mon amour,

Oh ! tu m'appelles...

Et tour à tour,

Tes étincelles

Lancent le jour,

Et tu ruisselles

Au fond du cœur

Et je m'envole

Aigle vainqueur !

Ton doux symbole

Luit ici-bas :

L'insecte traîne

Son vol, hélas !

Au pied du chêne

Et ne peut pas

Gagner l'espace,

Mais bientôt passe

Un doux rayon ,

Et dans la nue

Brille à la vue

Le papillon !

DEUXIÈME ÉCHO.

La Souris, le Chat, son Voisin

et le Chien.

II

La Souris, le Chat, son Voisin

et le Chien.

On peut passer rapidement

De la victoire à la défaite:

Prends donc garde, ô vainqueur, de trop lever la tête,

Dans le succès, conduis-toi prudemment!

Depuis longtemps, avec persévérance,

    Un chat guettait une souris.

    Malgré ses tours, maître mitis

Y perdait son latin. La nuit, quand le silence

    Permet aux souris de sortir,

De sauter, de jouer, de ronger, de courir,

Notre chat attentif disait tout bas : — coquine,

Ma griffe tombera bientôt sur ton échine,

Ou je perdrai mon nom de raminagrobis!

Quoi! je serai moqué par le peuple souris?

Sors de ton trou, voyons, que le vainqueur t'emporte...

    Pendant qu'il parlait de la sorte,

La souris tout d'un coup met le nez à la porte,

Paraît et disparaît, fait un saut, et puis court,

    Après avoir fait plus d'un tour ;

Elle cherche, elle mange, elle ronge, elle gratte,

    Et mille fois avec sa patte

Se débarbouille. Enfin, bien contente de soi,

Elle jette son cri. Puis, quand elle aperçoit

Venir le jour... Rentrons, se dit-elle, c'est l'heure

      Où l'homme sort de sa demeure...

Le chat ne paraît pas, courons dans notre trou.

Mais raminagrobis la guettait à sa porte...

La malheureuse saute et mitis tout d'un coup

      Lui met la griffe sur le cou ;

Elle s'agite en vain, fièrement il l'emporte ;

Il va chez son voisin la lui montrer : Hé bien !

La voilà, la souris, maître mitis la tient,

Dit-il. Mais par malheur au moment qu'il se vante,

Un chien saute sur lui, l'étrangle bel et bien,

Tandis que son voisin s'enfuyait d'épouvante !

La morale qu'on voit ici peut convenir

A bien des gens : savoir user de sa victoire

N'est pas chose facile et vous pouvez m'en croire,

Ouvrez les pages de l'histoire,

Les exemples sont là : certes dans l'avenir,

(Si ce monde n'a pas fini son existence)

Qu'on verra d'Annibals perdre par imprudence

Les fruits de leurs succès! Mais n'allons pas si haut :

Combien en voyons-nous qui font le triste saut

De la victoire à la défaite!

Guerrier, négociant, philosophe, poète,

Prince, empereur, humble bourgeois,

Et le manant comme les rois :

Chacun dans son état peut avoir sa défaite

Après le beau succès qui fait lever la tête !...

Que de vainqueurs, vaincus, hélas! hélas!

Mais taisons-nous, je n'en finirais pas!

12 Novembre 1842.

TROISIÈME ÉCHO.

Une Nuit sur la Mer.

III

DEUXIÈME TRIBUT DE RECONNAISSANCE,

A M. de Lamartine.

Une Nuit sur la Mer.

La nuit a déplié ses ailes en silence,

Et tout semble dormir sur l'océan immense !

Le navire immobile où les flots m'ont porté,

Comme une antique roche est sur l'onde arrêté ;

Le vent capricieux dans ses mille cordages

Pour le moment retient ses sifflements sauvages;

Unis comme une glace on n'entend plus les flots

Contre les flancs du brick se briser en sanglots;

Le matelot s'endort sous le pont du navire,

Sur moi la rêverie étend son doux empire!

Partout autour de moi, l'océan et les cieux!

Mon cœur embrasse plus que n'embrassent mes yeux!

La lune en sa beauté trace à perte de vue

Un sentier lumineux sur l'humide étendue,

L'océan tressaillit sous ses reflets si beaux,

Et le souffle de Dieu repose sur les eaux!!...

Oh! je vous reconnais à cette œuvre sublime,

Jéhovah, que j'adore à genoux sur l'abîme!

Sur moi n'eût pas brillé votre religion,

Que je verrais un Dieu dans la création!

L'immensité, Seigneur, absorbe ma mémoire,

Et je suis accablé du poids de votre gloire!

Notre Père!... est l'encens qui brûle dans mon cœur

Et va jusqu'à vos pieds porter sa bonne odeur!

J'adore! et vous daignez entendre le langage

De mon âme immortelle et faite à votre image!

Cette âme qui vous aime et vous loue, ô mon Dieu!

Qui reçoit votre fils au banquet du saint lieu,

A la mort sera-t-elle en poudre dispersée?

Qui peut avoir de Dieu la sublime pensée,

A quelque chose en soi de la Divinité,

C'est un être créé pour l'immortalité!

Ce mot affreux : néant! est un mensonge infâme!

Dieu pour l'anéantir nous donna-t-il une âme?

Quoi! cette portion tout esprit! tout amour!

Qui demande à son Dieu le pain de chaque jour,

Qui le nomme son Père!.. et qui pour lui soupire,

Du néant éternel pourrait craindre l'empire?

Non! tout ce que je vois et tout ce que j'entends,

Me révèle un Dieu bon, et j'adore et j'attends!!..

L'océan balancé sur ses vastes rivages,

N'a pas été tari par le soleil des âges !

A la création il obéit à Dieu,

Comme un être mortel il alla dans son lieu !

Et depuis tant de jours, il coule, il coule encore,

Et bat ses flancs rongés de son onde sonore ;

Il avance, il recule, il attend le Seigneur

Pour enfler jusqu'au ciel ses vagues en fureur !

Il est près d'abîmer le navire en prière,

Mais l'ange le regarde !.. il calme sa colère !

Ses gouffres tortueux entr'ouverts sur son sein ,

Obéissent à l'ange et se ferment soudain !

Comme le cœur d'un homme après une querelle,

Le bruit sourd de ses flots où l'écume étincelle,

S'éloigne, diminue, et sur ses vastes bords,

S'élance et va mourir en sauvages accords !

Quand, aux jours révolus de l'univers antique,

Les étoiles perdront leur distance harmonique,

Que la vierge des nuits expirant dans les cieux

N'ornera plus ton sein de reflets gracieux,

Et que l'on entendra la terrible trompette,

Océan ! océan ! quelle affreuse tempête,

Sur tes flots déchaînés se lèvera soudain ?

Tu seras ébranlé jusqu'au fond de ton sein !

Et pour battre le ciel comme un coup de tonnerre,

Tes flots hors de leur lit s'élèveront de terre !

Tes sourds mugissements aux hommes éperdus,

Crîront : du jugement, les moments sont rendus !!!

O formidable jour ! en vain l'esprit te sonde,

Tu dois comme un filet envelopper le monde !!!

Dix-huit siècles chrétiens ont frémi tour à tour,

Le dix-neuvième encor, te redoute, ô grand jour !

Ce dernier verra-t-il s'accomplir le mystère ?

Comme un vieillard doit-il voir expirer la terre ?

Que dis-je ! est-on bien sûr que le jour de demain
Du globe fracassé n'éclaire pas la fin ?
Peut-être que le Christ dans une nuit obscure
Viendra comme un soleil éclairer la nature !
Le sommeil s'enfuira soudain de tous les yeux !
Alors seront surpris : l'adultère odieux
Souillant dans le secret la couche conjugale ;
L'impie osant douter dans son âme infernale
Qu'il est un Dieu qui fit éclore l'univers !
L'avare tourmenté par des songes divers !
Le poète n'osant chanter le fils de l'homme,
Qui pour nous sur l'autel se brise et se consomme !
Enfin tout ennemi de la gloire de Dieu,
Cherchera vainement la nuit en quelque lieu,
Car rien ne pourra fuir la céleste lumière
Qui brillera partout et dans toute paupière !
Le cœur du juste seul palpitera d'espoir !
Le Christ sera pour lui le jour après le soir !

Le soleil dont l'hostie était la douce aurore !

L'océan où s'éteint la soif qui nous dévore !

Le repos de l'amour attendu si longtemps,

Après un long hiver un éternel printemps !

Oh ! délire du juste ! ô joie inénarrable !

Celui dont le nom seul, dont le nom adorable

Soulage notre cœur, chanté dans le saint lieu,

Il le verra toujours, toujours il verra Dieu !!

Mais le sommeil chéri comme un ange invisible

Touche mes yeux mouillés de son aile paisible !

Je m'endors éloigné de ceux que j'aime tant

Et dont le cœur aussi me demande et m'attend !

Celle dont les genoux furent longtemps ma couche,

Qui mit trois mots sacrés de bonne heure en ma bouche,

Peut-être dans un songe embrasse encor son fils,

Ma mère ! en m'endormant, d'ici je te bénis !

Ange gardien, allez, franchissez la distance,

Portez à qui je dois le don de l'existence,

Les vœux les plus brûlants, mille baisers d'amour,

Un songe de bonheur, le songe du retour !

QUATRIÈME ÉCHO.

Lauda, Jerusalem.

IV

Lauda, Jerusalem.

—◦—

Exalte le Seigneur, Jérusalem sublime !
Sion, chante ton Dieu d'une voix unanime :

Il a fortifié tes portes de sa main ;
Et béni les enfants qui sont nés en ton sein !

Il a placé la paix autour de ton enceinte,
Son froment le plus pur te nourrit, cité sainte !

Il lance sa parole, et de l'éternité,
Elle court ici-bas avec rapidité...

Il répand les frimats ainsi que la poussière,
Et la neige en flocons de laine sur la terre !

Le cristal des glaçons tombe comme du pain...
Devant le froid de Dieu l'on se roidit en vain...

Il envoie ici-bas sa parole féconde,
Et la glace se fond, il souffle, et coule l'onde...

Il annonce à Jacob son Verbe solennel,
Ses lois, ses jugements à l'auguste Israël.

Pour toute nation il n'a pas fait de même,

Et n'a pas révélé sa justice suprême !

Gloire à celui qui fut comme il est aujourd'hui ;

Hommages éternels à Jésus comme à lui.

Culte, adoration, gloire à l'Esprit immense

Comme au jour où Dieu fit l'homme à sa ressemblance !..

CINQUIÈME ÉCHO.

Une Nuit de Printemps.

V

Une Nuit de Printemps,

OU L'AME CATHOLIQUE SEULE AVEC LA NATURE.

—◦—

Le soleil se couche

En chantant un nom ,

Son grand disque touche

Et comme une bouche

Baise l'horizon !

La voute azurée

Comme un diamant

Resplendit dorée,

Et l'âme inspirée

Plonge au firmament...

Chaque jeune étoile

Fleurit dans les cieux,

Et l'ange se voile

Sous l'azur du voile

Pur et radieux...

Toutes les lumières

Des mondes lointains,

Charment nos paupières

Par les doux mystères

D'objets incertains!...

La fraîcheur inonde
L'espace enchanté.
Et la vierge blonde
Réfléchit sur l'onde
Sa tendre beauté...

L'océan balance
Aux pieds de son Dieu
Sa surface immense
Où brille et s'élance
Un sentier de feu !...

La forêt soupire
Sous le vent du soir,
Comme l'humble lyre
Que Jésus inspire
En se faisant voir...

Le bois solitaire
Est plein de la voix
Qui chante un mystère
Que toute la terre
Répète à la fois !

A travers la nue
L'archange voilé
Jette en l'étendue
La lueur connue
Du cœur exilé !

Comme la lumière
Au fond du saint lieu
Brille à la paupière
De l'amour sincère
Envers l'Homme-Dieu !

D'espace en espace
L'Esprit radieux
Comme un rayon passe
Et notre âme embrasse
Ce reflet des cieux....

La lune si pure
Sur le bord des bois
Où le vent murmure,
Baise la verdure
Où chante une voix :

C'est toi, Philomèle,
Amour du printemps,
Symbole fidèle
De l'âme immortelle,
C'est toi que j'entends....

4

Oh ! dans la nature
Tout révèle un Dieu :
Et ta voix si pure ,
C'est le doux murmure
Du terrestre lieu !

L'homme solitaire
Retrouve la paix ,
Quand sur cette terre
L'astre du mystère
Jette ses reflets...

Le calme sonore
Excite tes chants ,
Et j'aime et j'adore.....
Et répète encore
Tes hymnes touchants...

Ton ode proclame
Le grand Roi des rois,
M'inspire et m'enflamme,
Et je sens mon âme
Planer sur les bois...

Ici tout repose :
Le fleuve est en paix,
Et la blanche rose
Qu'une larme arrose
Respire le frais...

Et tout fait silence,
Et ta seule voix
Soupire et s'élance
Et chante en cadence
Le sommeil des bois...

L'homme qui t'écoute
Tressaillit d'amour,
Et si son cœur doute,
Dans l'immense voûte
Il revoit le jour...

Ta lyre est si belle
Que l'homme attristé
Sent qu'elle rappelle
Dans l'âme immortelle
La sérénité !

Par les chants d'église
Si mystérieux,
Notre âme surprise
Et se tranquillise
Et s'élève aux cieux !...

Te Deum nocturne,

Au sein des splendeurs,

Quel cœur taciturne

Comme une blanche urne

Ne répand des pleurs,

Quel divin poète

A ton chant si pur,

Ne pense et s'arrête

Et bientôt se jette

Dans le vague azur...

Actions de grâce,

Angélique voix,

Le rayon qui passe

Doucement s'efface

A travers les bois!

Les rameaux frémissent,

L'étoile s'en va,

Les roseaux gémissent,

Les fleuves blanchissent,

Voilà Jéhovah !

O nuit printanière !

O virginité !

O pure lumière !

O vague mystère !

O sérénité !

Chante, Philomèle,

Ton hymne d'amour

Que la voix si belle

De l'écho fidèle

Redit tour à tour !

Sublime interprète
Des jours du printemps,
Avec le poète
Module et répète
Les bruits que j'entends !

Ton gosier sonore
Jette en diamants
Un hymne qu'adore
La candide aurore
Aux souris charmants...

Et Jéhovah passe
Et le jour le suit,
Et l'astre s'efface
Et l'aube remplace
La céleste nuit !

Et ta voix perlée
Respirant l'amour
S'élève étoilée
Et dans la vallée
Rappelle le jour!

Adieu... Philomèle...
L'horizon de lys
Annonce plus belle
La clarté nouvelle
Sur les bois fleuris...

Chantre solitaire
Au sein de la nuit,
Adieu... le mystère
Va quitter la terre
Où renait le bruit...

Je garde en mon âme
Cette volupté ,
Cette pure flamme,
Ce chant qui proclame
La divinité !

L'homme sur la terre
Toujours exilé ,
N'a de joie entière
Que dans le mystère
Et l'amour voilé !

L'âme prisonnière
Pour se soutenir
Dans la vie amère ,
Garde avec mystère
Un doux souvenir...

Voix mélodieuse,

Je n'oublierai pas

Cette nuit pieuse

Et mystérieuse

Trop rapide, hélas !

La plus pure ivresse

De l'homme exilé

C'est d'aimer sans cesse

La belle jeunesse

D'un ciel étoilé ;

D'écouter sur l'onde

Les bruits argentins,

Et voir sur le monde

De la lune blonde

Les feux incertains !

Comme au sanctuaire

Doux, silencieux,

Luit avec mystère

Le Pain salutaire

Qui nous rend des Dieux !

Voir comme une grâce

L'âme de celui

Qui glisse en l'espace

Et pur rayon passe

A travers la nuit !

De dire à son père

Qui gagna les cieux :

Viens-tu sur la terre

Baiser la paupière

De ton fils pieux ?

Sais-tu que je pleure,
Auteur de mes jours?
Jusqu'à ma demeure,
Oh! descends, c'est l'heure
Des chastes amours!

Sur mon front voltige,
O chère moitié!
Sur ton humble tige
Que ta mort afflige
Répands l'amitié!

Viens, vertueux père
Fidèle à Jésus,
Ta croix solitaire
Comme une lumière
Sauva mes vertus!

Toujours sur ta tombe,
Quand l'étoile luit
Et que la nuit tombe
Comme une colombe,
Je m'abats sans bruit !

Là, toute mon âme,
Quand finit le jour,
Se répand en flamme,
Et comme un dictame
Je sens ton amour !

Reposant ton aile
Sur mon front pieux,
Tu dis : « Sois fidèle...
» L'Hostie éternelle
» T'ouvrira les cieux ! »

Et mon front rayonne

Et je sens des pleurs,

Et mon sein résonne,

Et l'amour couronne

Ton tombeau de fleurs!

Oui, sur l'humble tombe

D'un objet aimé,

Où le genou tombe,

Le cœur qui succombe

Se lève embaumé!

Nous trouvons la vie

Au bord d'un tombeau:

L'âme recueillie

Y puise ravie

Un jour tout nouveau!

Et quand la lumière
A l'horizon meurt,
L'espace stellaire
Inonde la terre
D'une autre splendeur!

La plus pure joie
Qui descende en nous
Et que l'ange envoie,
C'est dans notre voie
Son rayon si doux,

Reflet d'espérance
Tombant de l'azur,
Souris d'innocence
Qui glisse en silence
Comme un baiser pur;

La céleste ivresse
Du cœur printanier
C'est, quand le jour baisse
Et que le bruit cesse
Sous le peuplier,

Que le flot s'allonge
En sombre miroir
Où doux comme un songe
Frémit et se plonge
Le rayon du soir;

Que sous le feuillage
La brise s'endort
Et que le bocage
Baise le rivage
Avec ses fleurs d'or...

Et que l'alouette

Traînant sa chanson

Comme le poëte,

Dou~ement se jette

Au sein du gazon;

Et que l'aubépine

Lance ses bouquets

En neige divine

Quand le souffle incline

Les tendres bosquets!

Que la source pure

Au bruit incertain

Parmi la verdure

S'échappe et murmure

En hymne argentin;

Quand le soir se mire,

Le bonheur des cieux,

Oui, c'est de redire

Un nom que soupire

Notre cœur pieux;

Le beau nom de celle

Que donne Jésus

A l'amant fidèle

Dont l'âme immortelle

S'orne de vertus!

Souvent, Philomèle,

A ta tendre voix

Bien heureux je mêle

Le doux nom de celle

Que partout je vois!

L'amour catholique
Est un don de Dieu !
O femme angélique,
Ton cœur poétique
M'attend au saint lieu !

La foi verse à l'âme
L'amour le plus pur :
On aime une femme
Comme cette flamme
Au fond de l'azur !

O catholicisme,
Embrasant le cœur
Par le mysticisme
Dont le divin prisme
Germe la candeur,

A l'amour tu mêles
La noble amitié,
Chastes étincelles
Qui donnent des ailes
A notre moitié !

O femme choisie
Par le Dieu d'amour,
Ton nom, tendre amie,
C'est ma poésie,
C'est le plus beau jour !

Et quand je m'incline
Aux pieds du Seigneur,
Ton âme argentine
Est l'hymne divine
Que chante mon cœur !

Ton amour candide
Allumé par Dieu,
Est l'encens rapide
Qui fume limpide
Au fond du saint lieu !

Dieu donne à mon âme
Un ange d'amour,
Et cette humble femme
Est l'encens qu'enflamme
Mon cœur en retour !

Immolons au Père
L'amour de nos cœurs :
L'homme sur la terre
Résume en prière
Sa joie ou ses pleurs !

Vierge solitaire
Que le Fils de Dieu
Comme un doux mystère
Me donna... J'espère...
Au fond du saint lieu...

L'ange les appelle
Au milieu des bois,
Et la tourterelle
De l'amour fidèle
Embrasse les lois !

Adieu, Philomèle,
Séraphin des bois,
Mon âme immortelle
Comme une étincelle
S'embrase à ta voix...

Adieu... dans le monde
Je retourne heureux...
Cette nuit féconde
Me berce et m'inonde
D'amour vertueux !

J'emporte en mon âme
Tes vagues accords ,
Le nom d'une femme,
Et la sainte flamme
Et l'esprit des morts !

Adieu ! la jeunesse
A besoin de moi :
Dans son cœur que blesse
La fausse sagesse ,
Je répands la Foi !

La candide enfance

Boit la vérité,

Comme l'innocence

Le lait qui s'élance

D'un sein enchanté !

C'est la fleur mobile

Inclinant d'amour

Sa tige docile

Quand l'onde y vacille

Au réveil du jour !

Oh ! ces étincelles

Ne s'éteindront pas :

Ames immortelles,

Vous aurez des ailes

Pour fuir le trépas !

La Foi de l'enfance
Ne peut s'étouffer :
Et dans l'existence
L'homme qui s'avance
La sent triompher !

Philosophe infâme,
Ne crois pas flétrir
Dans cette jeune âme
L'éternelle flamme
Qui doit rejaillir,

Quand l'âge mystique
Blanchit nos cheveux,
L'enfance angélique
Reluit catholique
Pour nous rendre heureux !

Les vapeurs nocturnes
Cachent à nos yeux
Les brillantes urnes
Lorsque taciturnes
Se voilent les cieux ;

Mais l'esprit candide
Souffle dans l'azur ,
Et le ciel limpide
Rayonne splendide
Dans chaque astre pur !

SIXIÈME ÉCHO.

Le Moineau envolé.

VI

Le Moineau envolé.

———

Les enfants aiment les oiseaux.

Chaque âge a ses plaisirs... et la joyeuse enfance

Adore les petits moineaux.

O jours brillants de l'innocence,

Heureuse portion de la triste existence,

A votre souvenir les pleurs mouillent mes yeux...

Le lever de la vie est si délicieux !

Mais contons notre fable : Un moineau dans sa cage

Quoique fort bien nourri s'ennuyait à mourir.

Qu'est-ce qu'un bon souper fait avec l'esclavage?

      Se disait-il dans son langage,

Et sans la liberté peut-on se réjouir?

Si je pouvais voler sur la branche flexible

Et traverser les airs ! hélas ! pauvre Pierrot...

Le drôle est attentif, puis il n'est pas si sot

Que de me délivrer ! c'est donc chose impossible...

Il faut mourir ici dans l'étroite prison !

Le moineau soupirait cette triste chanson

Comme un Français captif sur le cruel ponton

De l'Angleterre, quand l'écolier plein de joie

Arrive et dit : Pierrot, il faut que je te voie...

Puis il ouvre la porte avec précaution,

      Avec adresse, avec attention,

Passe sa main, saisit le moineau qui voltige,

Le tient hors de la cage et le baise à loisir.

Pierrot fait un effort qui tout à coup oblige

Le pauvre enfant surpris à le laisser partir...

Et puis l'un de crier et l'autre de franchir

La maison ! Le Pierrot heureux dans le feuillage

De son maître qui pleure entend tout le tapage.

L'enfant criait : petit... petit, viens dans la cage.

Tu trouveras du pain, des fruits et du gâteau...

— Mon joli maître, adieu, c'est assez d'esclavage,

Réplique triomphant le fortuné moineau,

    Je suis sourd à ton doux langage,

J'aime mieux une mouche avec la liberté

Que du gâteau sans elle... adieu donc, ô mon maître,

    Laisse-moi ma félicité !

Adieu donc sans retour...—Avec rapidité

Le moineau prend l'essor pour ne plus reparaître

Aux regards de l'enfant de sa perte attristé !

Le plus précieux don de l'homme sur la terre,

De l'homme voyageur qui traîne sa misère,

    C'est la sublime liberté!

Mais il en est une autre où la Divinité

Imprime son cachet de puissance angélique,

    Et d'inviolabilité...

C'est cette liberté de l'âme catholique,

Maîtresse des tyrans, plus forte que les fers!

Et qui s'assied là-haut reine de l'univers.

    La liberté matérielle

N'est pas toujours pour nous un fleuve de douceur!

Car aller où l'on veut n'est pas le vrai bonheur...

Sans la vertu puisée aux sources du Sauveur,

La liberté devient une flèche mortelle

    Qui peut nous déchirer le cœur!

Mais vous, Vierge sublime, ô liberté réelle,

Qui vous ceignez le front de blancs lys parfumés,

O liberté de l'âme, ô bonheur des Archanges,

Avec vous on franchit les espaces étranges

Où roulent des soleils les globes enflammés !

Avec la liberté chrétienne, inénarrable,

Quand le corps est courbé sous le poids des travaux,

L'âme libre s'élance en l'azur admirable

Pour chanter de Sion les cantiques si beaux !

22 Novembre 1842.

SEPTIÈME ÉCHO.

Pierre et Joseph.

VII

Pierre et Joseph,

ÉGLOGUE

DÉDIÉE A LA SOCIÉTÉ D'AGRICULTURE, SCIENCES ET BELLES-LETTRES

DE ROCHEFORT.

PIERRE.

Adieu, pauvre Joseph !

JOSEPH.

C'est toi, mais c'est toi, Pierre !
Où vas-tu quand la nuit descend sur la bruyère ?

Tu me parais bien triste et tes traits amaigris
Annoncent de ton cœur les regrets, les ennuis !

PIERRE.

Berger, je suis errant dans le sein des campagnes...
Mes troupeaux éperdus, épars sur les montagnes...
Ma chaumière détruite, et moi-même... ô douleur !

JOSEPH.

Que dis-tu ? Je frémis ! infortuné pasteur....
Raconte-moi... mais tiens, prends de la nourriture.
Assieds-toi sur ce banc de fleurs et de verdure :
Voilà du pain, des fruits, du lait qui fume encor.
Mon troupeau bien-aimé dans l'étable s'endort.

PIERRE.

Le mien était ma vie ! ah ! poignantes alarmes...

JOSEPH.

Bon Pierre, je t'en prie, ah! modère tes larmes...

Et n'es-tu pas ici chez un frère, un ami...

Tout est à toi chez nous : le cruel ennemi

Ne nous atteindra pas dans ce réduit champêtre,

Éloigné des cités qui ne m'ont pas vu naître !

Mon troupeau, ma chaumière et mon humble verger,

Par la mère de Dieu ! tout est à toi, berger !

Et nous vivrons ensemble en ce pays sauvage ;

Nous chanterons tous deux, et l'écho du bocage

Redira les accents de notre chalumeau,

Pendant que broutera notre charmant troupeau.

Mange donc, mon ami.

PIERRE.

Le chagrin me dévore...

Un souvenir partout me suit : je vois encore

Mes agneaux égorgés par d'horribles brigands !

JOSEPH.

Avant de reposer tes membres languissants,

Par Jésus ! prends au moins un peu de nourriture,

Assez pour soutenir notre faible nature...

A la bonne heure... allons... puis tu raconteras

Ces forfaits odieux, ces lâches attentats !

PIERRE.

Ah ! tout respire ici la paix et l'innocence !

Les ombres par degrés descendent en silence,

Les sombres châtaigniers nous versent la fraîcheur.

Puisses-tu bien longtemps jouir de ce bonheur !

Joseph, ô bon Joseph ! je le vois à cette heure,

Les anges des bergers habitent ta demeure !

Ce qu'on m'a dit de toi c'est bien la vérité.

Ta chaumière est ouverte à l'hospitalité :

Tel Abraham que Dieu bénit sur cette terre

Recevait dans sa tente en patriarche, en frère,

L'étranger qui venait d'un voyage lointain,

Et lui lavait les pieds salis par le chemin,

Puis tuait un agneau dont ils mangeaient ensemble !

(Ta charité, Joseph, à la sienne ressemble !)

Abraham fut un jour bien supris, ô bonheur !

Tu le sais qu'il reçut les Esprits du Seigneur...

Ces trois beaux jeunes gens en chantant ses louanges

Disparurent soudain ! Joseph, c'étaient des anges !

Nos aïeux ont toujours de l'hospitalité

Exercé les devoirs avec fidélité !

Tu ne déroges pas, Joseph, à nos vieux pères.

Les voyageurs chez toi sont reçus comme frères !

JOSEPH.

Pierre, qui plus que toi, dis, fut hospitalier ?

Mais maintenant !

PIERRE.

Hélas !

JOSEPH.

Il te faut oublier...

PIERRE.

Ah ! je m'épancherai dans ton sein...

JOSEPH.

Pauvre Pierre !

PIERRE.

Mon cœur était serein comme cette lumière
Qui dore l'humble toit de sa douce clarté.
Que je bénissais Dieu de ma félicité !

Mes brebis! mon troupeau, Joseph, plus que moi-même

Je l'aimais, je l'aimais, tiens, d'un amour extrême...

Un soir, ô souvenir qui fait battre mon cœur...

Au chagrin pastoral succéda le bonheur!

L'*Angelus* du printemps tintait, tintait encore.

En répétant l'*Ave* de la Vierge qu'honore

Le monde entier, j'allais ramenant mon troupeau,

Déjà tout se calmait, il faisait aussi beau

Que ce soir! je jouais sur ma tendre musette

L'innocence des champs et la paix qu'elle jette

Dans le sein des bergers, et l'écho des vallons

Répétait doucement la fin de mes chansons,

Et mon chien!... il n'est plus... méchanceté cruelle!

Mon chien faisait marcher le tendre agneau qui bêle...

J'arrive à la chaumière et comptant mon troupeau,

Je vois qu'une brebis est absente... aussitôt

Je cours cherchant partout ma brebis! malheureuse,

Peut-être déchirée, ensanglantée, affreuse,

Je la retrouverai.... peut-être que le loup...

J'implore mon Jésus qui dispose de tout !

Je marche encore, encore... Ah ! je l'entends qui bêle...

Elle vit ! je la vois ! elle saigne ! c'est elle...

Je la prends dans mes bras ainsi qu'un faible agneau ,

Et prompt comme un éclair je rejoins le troupeau...

Oh ! que je fus content ! je sentis ma paupière

Se mouiller de bonheur !

JOSEPH.

Oh ! je le crois, bon Pierre.

PIERRE.

Et puis avec amour de ma chère brebis

J'arrêtais le sang , car dans les buissons fleuris

Elle s'était blessée en cherchant une route !

JOSEPH.

Des loups elle eût été la victime sans doute !

PIERRE.

Maintenant je suis seul sans troupeaux, et mon chien...

JOSEPH.

Raconte-moi comment...

PIERRE.

Joseph, je le veux bien !
Mais c'est troubler la paix de ce lieu plein de charmes !
C'est mêler au ruisseau l'amertume des larmes...
La lune est si limpide... Enfin tu veux savoir...
Je commence : C'était, Joseph, l'heure du soir,
Avant de ramener mon troupeau, sous un chêne
Que les derniers rayons du jour perçaient à peine,
Et mon chien à mes pieds, non loin du saint autel,
Je chantais un cantique au Fils de l'Éternel,
Et l'*Angelus* tintait ! De l'antique chapelle
La Vierge rayonnait d'une beauté nouvelle,

Et j'étais dans les cieux !... quand j'entendis du bruit
Semblable aux flots des mers au milieu de la nuit !
N'as-tu pas vu, Joseph, quand toute la nature
Après un jour brûlant s'agite, la verdure
Des bruyères, des bois, siffler, le tourbillon
Tordre le chêne ainsi que l'épi du sillon,
Et grondant, emporter les débris des campagnes,
Chaume, rameaux brisés, poussière des montagnes,
Tout frémit, et l'agneau tremble auprès des brebis,
Et la tempête hurle, et le berger surpris
Comme le nautonnier quand tout-à-coup la lame
Fait bondir son esquif sur l'écume de flamme,
S'enfonce en un rocher jusqu'à ce que les cieux
Se calment, et le vent terrible et furieux
Qui déracine l'arbre et le couche par terre
Comme un rapide coup du foudroyant tonnerre,
Retourne où le Seigneur voulut le renfermer...
Eh bien ! ce bruit qui vint tout-à-coup m'alarmer

Parut plus effrayant à l'oreille attentive !

De l'autel il sortit comme une voix plaintive....

L'orage était sur moi, Joseph, je vis alors

Au bout de fers sanglants, Dieu ! des têtes de morts...

JOSEPH.

Pierre, que dis-tu? ciel !

PIERRE.

Ah ! j'en frémis encore...

Je tenais dans mes mains mon chalumeau sonore,

Il tomba... mon troupeau s'enfuit épouvanté,

Et mon fidèle chien, quelle intrépidité !

Courut sur ces brigands, sur cette troupe impie

Profanant et brisant de la Vierge chérie

L'image vénérée ! et je vis mon troupeau

Dispersé, déchiré, mon chien par un bourreau

Égorgé devant moi ! plusieurs me poursuivirent,

Mais Dieu me préserva, je volais... Quand ils virent

Que j'étais déjà loin et ne paraissais plus,

Ils me laissèrent donc et je bénis Jésus !

Et dans l'obscurité des bois, sous la verdure

Je tombai haletant ! Et de leur bouche impure

J'entendis retentir par les vents apporté

L'affreux rugissement : « Vive la liberté ! ! »

Hélas ! auprès de moi meurt une voix plaintive...

Je regarde... et frémis... c'est mon chien, il arrive

Et je le croyais mort... je le vois... c'est bien lui...

Il tombe sur mes pieds tout sanglant... Et la nuit

Du trépas lui ferma pour jamais la paupière...

Il roula dans mes yeux plus d'une larme amère...

En mourant, pauvre ami, tu me léchas la main !..

Et je vis dans ses flancs meurtris, peuple inhumain,

Ta blessure mortelle ! Ici, Joseph, je pleure...

Il était si fidèle... au sein de ma demeure

C'était mon compagnon ! Je cueillis des rameaux

Pour couvrir le meilleur de tous les animaux !

Je couchai dans le bois... la nuit était venue,

L'étoile rayonnait belle au sein de la nue...

Sous un sombre bocage en pleurant je m'étends ;

Au loin comme des loups encor je les entends :

On eût dit Lucifer repoussé par l'Archange...

De leur rugissement le bruit affreux, étrange,

Arriva jusqu'à moi par l'écho du vallon !

Je pleurais mon troupeau, mon chien sur le gazon !

Enfin le jour parut, longue fut l'insomnie,

Et je n'entendis pas la céleste harmonie

De l'antique clocher bâti par nos aïeux...

J'élevais tout tremblant mon âme vers les cieux ;

Et je priais Jésus de conduire ma marche

Comme il guida jadis de Noé la sainte arche !

Quelques fruits en marchant me soutinrent un peu,

Et je jetai de l'eau sur mon front tout en feu !

7

Et je bus à la source en y mêlant des larmes...

Mon corps était courbé sous le poids des alarmes !

Où donc aller, disais-je en regardant les cieux ?

Je sentis que j'étais étranger en ces lieux...

J'étais comme la fleur qui penche

Sous les orages de l'été,

Ou comme la fragile branche

Après l'impétuosité

Du vent qui soudain se déchaîne

Et fait mugir l'antique chêne

Sur les vastes flancs du vallon,

Comme l'agneau loin de sa mère,

Perdu dans l'aride bruyère

Et qui bêle sur le gazon !

JOSEPH.

Et comment trouvas-tu ma demeure, ô bon Pierre ?

PIERRE.

Un ange conduisit mes pas vers ta chaumière...

JOSEPH.

Oh ! que je suis heureux d'adoucir ton malheur !

PIERRE.

Joseph, sois préservé des flots de leur fureur...

JOSEPH.

Quoi !

PIERRE.

Que notre Jésus...

JOSEPH.

Ils viendraient...

PIERRE.

Les punisse !..

JOSEPH.

Jusqu'ici s'étendrait leur cruelle injustice ?

PIERRE.

Que la Mère de Dieu veille sur ton troupeau...

Pour moi... Joseph, je vis près d'une pièce d'eau

Ton toit hospitalier... mon cœur bat... je m'avance...

Ton chien vient caresser ma main, et puis s'élance

Vers toi pour m'annoncer... et tes bras fraternels

Me pressèrent, Joseph... des sentiments réels

Palpitaient dans ton cœur...

JOSEPH.

Pierre, sèche tes larmes...

Il est dans l'amitié sincère de doux charmes...

Et nous ne ferons qu'un... et notre cher troupeau

Paîtra jusques au soir au son du chalumeau...

PIERRE.

Ils sont venus sur moi comme un torrent terrible

Qui tombe en mugissant d'un mont inaccessible,

Arrache le sapin, le rocher, puis bondit,

Hurle, écume, bouillonne et dans son cours hardi,

Retombe et se relève et va dans la prairie

Inonder, ravager la campagne fleurie,

Et submerger enfin chaumières et troupeaux,

Et l'on entend des cris déchirants sous les eaux,

Et le berger s'enfuit en répandant des larmes...

Et le hameau plaintif gémit dans les alarmes...

Hé bien ! Joseph, voilà le spectacle hideux

Que donnèrent au ciel tous ces hommes affreux !

JOSEPH.

Eloignez ce torrent, bienfaisante Marie !

Préservez notre toit des fureurs de l'impie...

Mais oublions cela ! la nuit poursuit son cours ;

Pierre ! offrons notre cœur au Maître de nos jours !

Et goûtons les douceurs du sommeil... Les étoiles

Parsèment de l'azur les majestueux voiles...

La lune se promène et tout est calme ici...

La nature s'endort et dormons, nous aussi !

Nous n'entendons plus rien, chaque être fait silence ;

Seulement un oiseau d'amour et d'innocence

De moment en moment fait redire aux échos

Ses pieuses chansons, et des petits ruisseaux

Le doux filet d'argent murmure sur leur rive

Comme d'un luth au vent la voix tendre et plaintive.

Tout invite à dormir! levons-nous, Pierre, allons,

Sans penser à demain, devant l'ange dormons...

Viens... donne-moi la main... viens sous notre chaumière

Oublier tes regrets et sécher ta paupière,

Jusqu'au jour où la voix du pieux *Angelus*

Courbera notre front aux pieds du bon Jésus!...

HUITIÈME ÉCHO.

Le Philosophe et la Fauvette.

VIII

Le Philosophe et la Fauvette.

Dans un bois solitaire,

Au bord d'un clair ruisseau

Dont l'onde en serpentant arrosait la fougère,

Un certain philosophe écoutait un oiseau;

C'était une Fauvette

Qui, pour passer son temps,

Et jouir des beaux jours qu'apporte le printemps,

Roulait sa chansonnette,

Sur un tendre rameau balancé par les vents.

L'ami de la sagesse,

(Du moins, il en portait le nom)

Charmé par la gaîté, par la douce chanson

De l'oiseau plein de gentillesse,

L'interrompit en lui disant :

Chantre heureux de cette retraite,

Dis-moi, comment fais-tu pour être si content?

— Comment je fais? reprit l'innocente Fauvette,

Je méprise la gloire et toute ambition;

Pour contenter ma faim, j'attrape un papillon;

Je bois dans l'onde pure où se peint mon image;

J'élève mes petits dans ce bois enchanteur,

Et leur enseigne mon ramage :

Aimer, chanter sous le feuillage,

C'est le secret de mon bonheur!

NEUVIÈME ÉCHO.

Pourquoi Napoléon est=il tombé?

IX

Pourquoi Napoléon est-il tombé?

Napoléon dont la puissance
A fait trembler l'Egyptien,
Colosse immortel de la France
Qui mourut en martyr chrétien !

Bonaparte était roi du monde...

Sa gloire était aussi profonde

Que l'espace où la foudre gronde,

Craque, roule effroyablement...

Hé bien ! le Roi des rois le jure...

Son tonnerre là-haut murmure,

Et l'Anglais odieux torture

L'Aigle tombé du firmament !!!...

L'Esprit de l'Éternel rayonnait sur sa tête !

De la gloire son nom avait atteint le faîte,

Ce héros étonnant prédit par un prophète

Était encensé des Français !

Relevés par son bras, les autels catholiques

Retentissaient encor des hymnes séraphiques,

Resplendissaient encor, rayons eucharistiques,

Sous le calice de la paix !!...

Les évêques criaient en chaire :

» C'est l'envoyé de l'Éternel !

» Il a renversé sur la terre

» Les fiers ennemis de l'autel !

» C'est le Sauveur de notre France !

» A lui l'empire et la puissance !

» Instrument de la Providence,

» Bonaparte est notre Empereur !!! »

C'était un Dieu chez les poètes !

Une verge chez les prophètes,

Et les peuples courbaient leurs têtes

D'amour, de respect, de terreur !...

Cet astre si brillant, étoile de la France,

Tout à coup s'obscurcit dans l'étendue immense !

Ce Géant des combats ébranla sa puissance

Par un adultère odieux !

L'Éternel vit tes pleurs, aimable Joséphine !

Le divorce infernal consomma sa ruine !

Et forgea lentement cette foudre divine

Qui le précipita des cieux !

Du haut du ciel, royal prophète,

Dieu de ta chute entend le bruit !!...

La foudre au-dessus de ta tête

Gronda le jour, gronda la nuit !

L'Éternel vengea ta victime...

Dans tes pleurs tu lavas ton crime !

Et la pénitence sublime

T'obtint le céleste pardon !

Tu chantas encor sur ta lyre

Le Dieu qui donne et qui retire

Sceptre, trône, couronne, empire !

Et tu couronnas Salomon !!!

Napoléon brisa les nœuds du mariage

Dans l'espoir, échoué sur le lointain rivage,

De voir son nom régner en France d'âge en âge

Sur le grand trône impérial !

Cet aigle tout puissant pour un jour ! pour une heure,

Ose aux pieds des autels de la sainte demeure,

Quand Joséphine vit, quand Joséphine pleure,

Serrer un autre nœud royal !

La jeune et féconde Marie,

Du grand Aigle de l'univers

Va donc multiplier la vie

Si terrible aux peuples divers :

Cet Aigle sur les Pyramides

Étendant ses ailes rapides,

Promenant ses regards avides,

A crié : Gloire au rejeton...

8

Je l'ai, ce fils de la victoire...
Et du génie et de la gloire,
Ce défenseur de ma mémoire,
Successeur de Napoléon !

L'Aigle enchaîné longtemps par l'Angleterre infâme
Se couvrit tout entier de ses ailes de flamme,
L'archange radieux descendit, prit son âme
  Et la remit à l'Éternel :
Comme il souffrit beaucoup, Dieu beaucoup lui pardonne,
Sur ses lauriers d'un jour l'immortelle couronne
Resplendit à jamais, car c'est Dieu qui la donne
  Après l'examen solennel !!!

  Ainsi le roi le plus sublime,
  Le plus guerrier, le plus chrétien,
  Loin de la France fut victime,
  Mais il n'avait fait que du bien !

Louis, grand roi, grand catholique,
Ainsi qu'un aigle séraphique
Vit fuir la terre de l'Afrique
Dans son essor mystérieux !
Dieu le fit asseoir sur un trône,
Lui donna la belle couronne
Avec la harpe qui résonne,
Harpe d'amour, harpe des cieux !!!

Et l'Aiglon vivra-t-il ? grandit-il pour la gloire ?
Montrera-t-il qu'il est l'enfant de la victoire ?
Doit-il de l'Empereur soutenir la mémoire ?
Ressusciter Napoléon ?
Demandez à celui qui voit tout de son trône,
Qui des fragiles rois fait tomber la couronne,
Comme un souffle du vent de la plaintive automne
La pâle feuille du vallon !

Au Dieu dont le regard embrasse

Tous les mondes de l'univers,

Devant qui le soleil s'efface

Comme au jour les astres divers!

Au Dieu qui voit tout sur la terre,

Qui veille sur nous comme un père,

Lançant, retirant son tonnerre

Et faisant briller les éclairs,

Et ramenant dans l'atmosphère

Le grand flambeau de la lumière,

La lune qui, dans sa carrière,

Calme et trouble le sein des mers!

Demandez au Seigneur si l'Aiglon du grand homme

Dont le nom s'est gravé sur le céleste dôme

Pour avoir relevé les saints autels de Rome,

Souillés par les jours de terreur!

Demandez si Jésus bénira cet arbuste !

Doit-il un jour lever son front sublime, auguste?

Non , non... malheur! malheur! non... l'Éternel est juste ,

Il doit châtier l'Empereur !

L'Aiglon étend déjà ses ailes ,

Brûlant de s'élancer aux cieux ,

D'aller aux voûtes éternelles

Ainsi que l'Aigle audacieux

Qui , du sommet des Pyramides ,

Déployant ses ailes rapides

Avec ses couronnes splendides ,

S'élança sur le vieux Paris ,

Ou secondé par la victoire

Brisant le cruel Directoire ,

Couvrit des lauriers de la gloire

Les blessures de mon pays ! ! !

» Mon fils, sois l'héritier de ton malheureux père,

» Tombé du haut des cieux sous un coup de tonnerre,

» Martyrisé, trompé par l'horrible Angleterre,

 » Qui porte une tache à sôn front;

» Un jour, viens visiter cette île qui m'enchaîne,

» Franchir dans ton essor, Aiglon, l'humide plaine,

» Chercher dans le rocher triste de Sainte-Hélène

 » La tombe de Napoléon! »

L'Aiglon bouillonnait dans son âme

Comme une vague de la mer;

Ses yeux lançaient la vive flamme

Du feu rapide de l'éclair...

Il sentait que sous sa poitrine

Brillait une étoile divine

Et le grand nom qui s'illumine

De plus en plus avec le temps!

Toujours sa brûlante mémoire
Jetait au volcan de la gloire
Les couronnes de la victoire
Qui berça son premier printemps!

Un jour, ne pouvant plus comprimer cette flamme,
Ce rayon de son cœur, cette ardeur de son âme,
L'Aiglon prit son essor vers le ciel qui proclame
Le Roi des rois, le Créateur!
Il planait, il planait sur l'infâme Angleterre,
Et puis sur l'océan, au-dessus de la terre
Où dort Napoléon... Quand un coup de tonnerre
Le renversa sur l'Empereur!

Tel des magnifiques montagnes
L'aiglon s'élevant dans les cieux,
Voit s'enfuir les riches campagnes
Sous son essor audacieux :

Tout à coup un sombre nuage

Vient, monte du lointain rivage,

L'éclair brille, et gronde l'orage

Qui s'élance et frappe l'aiglon...

L'oiseau tombe de l'atmosphère

Dans des tourbillons de poussière...

Son œil se ferme à la lumière

Sur le noir rocher du vallon !

Pourquoi ce rejeton, jusque dans sa racine,

Hélas ! s'est-il flétri ? La vengeance divine

Devant qui tout mortel et s'abaisse et s'incline

Va vous le dire, écoutez donc !

Écoutez, c'est la voix maîtresse de la terre,

Organe tout puissant de l'invisible Père,

Écoutez, c'est l'écho terrible du tonnerre

Qui foudroya Napoléon :

» Fruit d'un hymen illégitime,

» Le divorce a pâli ton front,

» Le divorce, exécrable crime,

» Te perd avec Napoléon !

» J'ai vu tes pleurs, ô Joséphine,

» Et jusqu'à ma grandeur divine

» Le sang du fer qui t'assassine

» A rejailli ! console-toi !

» Femme du conquérant du monde,

» J'ai senti ta douleur profonde,

» L'adultère aujourd'hui féconde

» Ne lui donnera pas de roi !

» Ma justice éternelle abhorre l'adultère !

» Mon fils pour le détruire alluma sur la terre

» Du redoutable hymen le flambeau salutaire,

» Il en a fait un sacrement !

» On ne peut divorcer et prendre une autre femme

» Sans graver sur son front le caractère infâme

» D'adultère puni dans l'abîme de flamme,

    » Dans l'abîme éternellement?

    » Mon fils fait homme sur la terre

    » L'enseignait au sein d'Israël :

    » Si vous commettez l'adultère

    » Vous ne verrez pas l'Éternel !

    » Si vous regardez une femme

    » Avec la criminelle flamme,

    » Vous êtes adultère infâme,

    » Avec elle dans votre cœur !

    » Le désir seul vous rend coupable,

    » L'adultère m'est exécrable...

    » Fuyez ce crime abominable,

    » Ou redoutez mon bras vengeur !

» Et toi, que le divorce a jeté sur la terre

» Comme un fruit que le vent jette dans la poussière,

» Tu ne jouiras pas du glaive de ton père,

    » Tu meurs comme un lis du vallon !

» Comme l'arbre rongé jusque dans sa racine ;

» Le divorce a percé ton cœur dans ta poitrine,

» Et ton front de jeune homme, hélas ! déjà s'incline...

    » Tu meurs, jeune Napoléon !

» Il n'est plus le fils du grand homme,

» Il est mort le beau rejeton !

» Son étoile sous le grand dôme,

» Étoile de Napoléon,

» S'est éclipsée et dans la nue

» Parcourant l'immense étendue,

» Sa lumière éblouit la vue

» Et s'est éteinte pour jamais !

» Un tombeau , voilà sa puissance...

» Une croix, son sceptre de France...

» Un cyprès, son trône ! Ah ! silence...

» Laissons-le sommeiller en paix ! »

On dit que son tombeau , lorsque la nuit obscure

Ramène le silence au sein de la nature ,

Rayonne quelquefois d'une étoile aussi pure

Que les soleils du firmament,

Et qu'on voit voltiger, comme une ombre plaintive,

Deux ailes s'agitant ! et qu'une voix craintive

Murmure quelques mots : « Ah ! rien qui me survive !

» Il repose éternellement ! »

L'Aigle surpris dans la montagne

Se voit pour toujours enchaîner,

Mais l'espérance l'accompagne

Dans les fers qu'il lui faut traîner :

Il dit : « Mon rejeton s'élance

» Après moi dans l'espace immense,

» Je vis de son indépendance,

» Et je meurs content dans les fers ! »

Mais si l'aigle voit sur la terre

Près de lui l'aiglon solitaire

Expirer... il se désespère...

Il meurt en lançant des éclairs !

Et sa postérité pour jamais est éteinte,

Le saule du sépulcre en a jeté sa plainte,

Le cercueil a frémi dans son étroite enceinte

     Ainsi qu'au dernier jugement,

Lorsque Napoléon, jetant sa froide épée,

L'âme dans la terreur, d'épouvante frappée,

Verra cette justice enfin développée

     Dans les hauteurs du firmament !!!...

Ainsi tout descend dans la tombe

Où nous pousse le Roi des rois,

Comme la fleur l'homme succombe,

Et comme les feuilles des bois

Il faut que tout mortel pâlisse,

Et la froide humanité glisse,

Après avoir bu le calice,

Morte sur le triste gazon !

Le lis brille ! il penche sa tête :

Et l'empereur et le poète,

C'est une herbe que le vent jette

Sur l'océan, dans le vallon !

Qu'est-ce donc, ô Seigneur ! qu'est-ce donc que la gloire?

Ce nom qui dans l'exil fait vivre la mémoire?

Je le vois maintenant, la plus belle victoire

C'est de vaincre son propre cœur !

Tout n'est que vanité ! vanité sur la terre !

Hors aimer Jésus-Christ, notre unique lumière !

Napoléon le vit ! En fermant sa paupière,

    Il reçut le corps du Seigneur !...

    Tel le roi de l'antique France

    Étendu sur le lit de mort,

    Reçoit le pain de l'espérance

    Dans son âme, calice en or,

    Où brûle une flamme éternelle,

    Cette charité si fidèle

    Qui le transporte sur son aile

    Jusques au trône de l'Agneau,

    Louis est calme, et sa paupière

    S'élève au-dessus de la terre,

    Et son âme est au sein du Père

    Quand il descend dans le tombeau !

Dors, ô Napoléon, à l'ombre de la France!...

Ton âme au sein de Dieu goûte enfin le repos!

Tu lavas tes erreurs par cette pénitence

Dans l'exil inhumain qui t'accabla de maux!

Dors, toi qui relevas les autels catholiques,

Que des républicains les fureurs sataniques

Souillèrent trop longtemps de leur impiété!

Dors, honoré de tous et du peuple et du prêtre,

Jusques au dernier jour où l'on verra paraître

Le grand juge au milieu de son éternité!

DIXIÈME ÉCHO.

Regrets et Espérances.

9

X

Regrets et Espérances.

Le mois de Mai s'en va rapide comme un songe :
Le printemps de nos jours s'écoule comme lui !
Ici brille l'aurore et là renaît la nuit....
Dans l'abîme éternel la jeunesse se plonge !

Espérance, regrets, pleurs, souvenir, amours,
C'est les dernières fleurs qui restent de nos fêtes,
La dernière couronne attachée à nos têtes
Où le temps a marqué par des rides nos jours!

Le printemps de la vie est un lis solitaire
Mouillé par la rosée au matin frais et pur,
Mais dès que le soleil a monté dans l'azur,
Il se fane en pleurant sa beauté printanière!

L'enfance est dans mon cœur aussi belle qu'aux cieux;
Cette étoile du soir qui doucement se lève
Avec le vague heureux, les mystères d'un rêve
Où l'ange abat son vol doux et mélodieux!

Jadis j'étais enfant, et je disais : Mon père !
Et je pouvais ouvrir mes bras à ce trésor...
Aujourd'hui ce beau nom je le répète encor,
Mais c'est en m'inclinant sur sa croix funéraire !

Ah ! des vallons d'exil arrosés de nos pleurs,
Mon père s'envola comme un pieux archange
Aux palais éternels où jamais rien ne change,
Où l'on n'entend jamais les accents des douleurs !

Les plus doux sentiments s'attachent à l'enfance,
Premiers matins des jours, célestes amitiés,
Blancs lis mystérieux effeuillés à nos pieds,
S'il nous restait encor la candide innocence !

Oh ! j'irai dans ces lieux chers à mon souvenir

Où je cueillais des fleurs à côté de ma mère,

Je sentirai des pleurs inonder ma paupière,

Et tout dans le passé j'oublîrai l'avenir !

Je bondis en moi-même, et soudain je m'élance

Dans les flots du passé doux et mystérieux,

Je crois me rapprocher davantage des cieux

En retraçant en moi les souvenirs d'enfance !

Religion, jeunesse, ah ! voilà mes amours,

Le lever de la vie et sa fin solennelle,

Premiers et derniers pas vers la voûte éternelle,

Belle étoile, toujours, brille à mes yeux, toujours !

Et toi, tombe sacrée où je puise la vie,

Où dort jusqu'à la fin mon père vertueux,

Reçois avec ces fleurs mes accents douloureux,

Dormir auprès de toi voilà ma seule envie !

Quand le chaste Joseph en Égypte expira,

Il dit : « Vous porterez mon corps près de mon père ! »

Et l'on exécuta sa volonté dernière,

Et près du vieux Jacob l'Intendant sommeilla...

ONZIÈME ÉCHO.

—◦◦—

La Reine de la Poésie.

XI

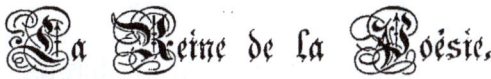

O l'inspiration sublime des beaux vers !

I

Qui plane sur mon front plus brillant que l'étoile ?

Est-ce l'esprit de l'Éternel ?

Pour ne pas m'éblouir le Messager se voile...

C'est toi, bel ange Gabriel !

Tu souffles sur ma lyre

L'amour, le pur amour;

Et mon âme soupire

Le doux nom qu'un sourire

Ne cesse de redire

A l'éternel séjour!

C'est elle, c'est Marie

Que mon cœur doit chanter

Sur ma lyre attendrie...

Reine de la patrie

Je veux vous exalter!

Vierge, sur ma harpe sonore

Que l'ange m'apporta des cieux,

Je ferai résonner encore

Votre nom plus mélodieux

Que les concerts archangéliques,

Que toutes les voix séraphiques

Dont retentissent les palais,

Où les bienheureux dans la gloire

Chantent l'éternelle victoire

De votre Fils, le Dieu de paix !

Heureux qui, devant vous, répand avec son âme

Les fleurs du mois de mai qui n'est que pur amour,

Vous embrasez son sein de la divine flamme

Qui brille au céleste séjour !

Vous chantez, Maria, le cantique adorable

Que la maternité jadis vous inspira

Devant Élisabeth, dont l'enfant admirable

Tressaillit dans son sein lorsqu'il vous écouta :

II

Oh ! je le vois ici, Vierge au front qui rayonne
De douze astres choisis éternelle couronne,
Je le vois, je le vois, Mère auguste de Dieu,
Que comme on vous salue en ce terrestre lieu :
Rose mystérieuse et Reine des prophètes,
Vous êtes, Maria, la Reine des poètes !
Et j'en prends à témoin ce cantique d'amour
Que vous chantez encore au céleste séjour !
Que nous chantons ici dans le vallon des larmes,
Et qui verse en nos cœurs toujours de nouveaux charmes ;
Oui, le *Magnificat*, ô Mère de Jésus,
Ajoute un attribut à tous vos attributs !
Oui, nous vous saluons la Reine des poètes...
Nous jetons à vos pieds les lauriers de nos têtes !

Que l'ange Gabriel les ayant amassés,

Ils soient sur votre front en voûte entrelacés !

Quel poète pourrait devant votre cantique,

Subsister ? Sainte-Vierge ! O Femme poétique !

O l'inspiration sublime des beaux vers !

O la lyre des cieux aux ravissants concerts !

Je vois briller sur votre tête

Les rayons de l'astre du jour,

Et sur vos pieds la lune jette

Sa candide clarté d'amour !

Les anges soutiennent vos voiles,

Et sur votre front douze étoiles

Scintillent comme dans l'azur !

Voilà la Reine des prophètes,

Voilà la Reine des poètes,

Lis blanc toujours beau ! toujours pur !

III

Poètes, prenez donc la lyre romantique,
Chantez, chantez la Vierge assise auprès de Dieu!
Elle donne à nos chants la grâce prophétique!
  Venez la bénir au saint lieu!

  O Reine de la poésie
  Où de mon cœur le pur encens
  Jusqu'à la céleste patrie
  Monte avec mes pieux accents!
  Inspirez les jeunes poètes,
  O grande Reine des prophètes,
  Donnez de la force à leurs voix,
  Que leurs concerts soient catholiques,
  Et comme des voix angéliques
  Ils s'en iront au Roi des rois!

Et moi qui vous salue et vous chante sans cesse,

Inspirez votre fils, ouvrez votre trésor;

Je vous ai consacré les jours de ma jeunesse,

Et je dois vous bénir encor!

Développez l'intelligence

De votre petit serviteur,

Implorez de la Providence

Pour lui le regard créateur,

Et soudain le feu du génie

Éclatant avec l'harmonie

Ira transporter tous les cœurs,

Et quand je chanterai l'Hostie,

Et quand je bénirai Marie,

Je pourrai voir couler des pleurs!

10

J'attends, Lis éternel, Vierge promise au monde,
Qu'un sourire de vous éclaire mon esprit,
Et mon intelligence et sublime et féconde
        Chantera Jésus-Christ !

Ainsi quand du printemps l'harmonieuse haleine
Glisse au-dessus des bois, doux séjour de l'écho,
Philomèle inspirée à l'abri du vieux chêne
        Prélude un chant nouveau !

Sur le front des forêts que la brise balance,
Lorsque l'ange des nuits glisse silencieux,
Philomèle abandonne à l'étendue immense
        Ses chants dignes des cieux !

Et moi je suis semblable à l'oiseau du poète ,

Qui soupire à l'aurore, et le jour et la nuit :

Au Calice d'amour, au Pain des cieux je jette

L'hymne qui monte à lui !

IV

Et vous qui chantez sur la lyre ,

Poètes , venez à l'autel ,

Où toujours quelque cœur soupire

Un cantique au Lis éternel !

La Reine de la poésie

Agrandira votre génie

En vous conduisant à Jésus ,

Et cette Reine des prophètes

Mettra sur vos fronts de poètes

Le génie avec les vertus !

Vous ne séduirez plus par la philosophie,

Vos accords seront purs comme un chant de l'autel,

Vous monterez au Père avec la sainte Hostie

Dans le Sacrifice éternel !

Vous irez vous jeter au pied du trône auguste

Où s'assied l'Infini dans son éternité,

Vous monterez aux cieux sur les ailes du juste

Au travers de l'immensité !

Ainsi du creux de la montagne,

L'aigle sublime prend l'essor,

Sous lui semble fuir la campagne...

Il monte, il nage en des flots d'or,

Il arrive au fond de l'espace,

Il roule... et bientôt il s'efface

Dans le grand disque lumineux,

Et tout rayonnant de lumière,

Il éblouit notre paupière

En descendant majestueux !

DOUZIÈME ÉCHO.

Hymne de l'Ange de la France.

XII

Hymne de l'Ange de la France,

SUR LA DÉCADENCE FUTURE

DE L'ARCHITECTURE GOTHIQUE.

———

> » . . . La Foi, céleste puissance
> » Transportait avec majesté
> » Les montagnes !... ces cathédrales
> » Levant leurs têtes triomphales
> » Comme d'éternelles annales
> » Instruisant la postérité ! »

On dit que des Français le sublime Génie,

Avant de s'envoler dans les palais des cieux,

Prit encore son luth d'ineffable harmonie,

  Son luth d'amour mystérieux !

Puis alla tristement s'asseoir sur Notre-Dame,

Quand la lune argentée au milieu de l'azur

Promène vaguement, comme une chaste femme,

Sa jeunesse à l'éclat si pur !

Sur la mystique tour qui de la cathédrale

Annonce au loin la gloire et l'immense beauté,

Et semble à nos regards la tête triomphale

De la grandiose Cité,

L'ange dont les cheveux ondoyaient à la brise,

Dont la blanche ceinture aux reflets indécis

Pendait divinement en écharpe d'église,

Mouillé de pleurs, était assis...

Il entr'ouvrait encor ses radieuses ailes,
Dont l'éclat jaillissait sur le temple de Dieu,
Comme le crépuscule aux clartés solennelles
        Quand un beau jour nous dit : « Adieu ! »

Il fit vibrer sa harpe... ô douceur infinie,
Que le seul catholique entend, lorsque Jésus
Descend comme un Agneau d'amour et d'harmonie
        Dans l'âme où brillent les vertus !

La vieille Basilique, aux accords du Génie
Tressaillit, s'attendrit jusqu'en ses fondements,
Comme aux Chœurs des soleils dans la voûte infinie
        Les ineffables firmaments :

Tel Jésus-Christ assis sur la montagne sainte

Parla touchant le temple et l'antique Cité,

Et de Jérusalem la magnifique enceinte

Trembla devant la Vérité !

Enfin l'Ange chanta cette Hymne prophétique...

Plus d'une fois les pleurs mouillèrent l'instrument...

Il chanta ! Les échos de l'église gothique

Gémirent douloureusement :

» O terre, où s'élevait si belle

» La Foi dans sa virginité,

» Hélas ! l'Hérésie infidèle

» En obscurcit la pureté !

» Ce monstre au milieu de la France

» Soufflera la pâle froideur,

» Et le doute et l'indifférence

» Ennemis de toute grandeur !

» Et la naïveté de France

» Qu'inspira le Livre-Éternel,

» Va voir trancher son existence

» Ainsi qu'un agneau sur l'autel...

» Pays sacré de la victoire,

» Du sang des Martyrs arrosé,

» France où le soleil de la gloire

» Éclairait ton cœur embrasé,

» Je te vis belle et triomphale

» Franchir les palais radieux

» Avec la sainte cathédrale

» Dont la main va toucher les cieux !

» Hélas ! le trouble et les alarmes

» Ont passé jusque dans mon sein,

» France, vois donc couler mes larmes

» Sur le tombeau de ton grand Saint ! *

» Je vois l'odieux Paganisme

» Changer ton génie et ton cœur,

» En exilant le Mysticisme

» Qui naguère brillait vainqueur,

* Saint-Denis.

» Comme un après-midi d'automne

» Où le soleil, au fond des bois,

» Doux et mystérieux rayonne

» Comme un reflet du Roi des rois !

» Le Livre écrit par Dieu s'incarnait dans la France,

» Il lui communiquait l'originalité,

» Et des deux Testaments l'océan d'éloquence

       » L'arrosait d'espérance,

       » Et d'immortalité !!!

» Son culte devenait et sa littérature

» Et sa Muse étoilée enfant du Créateur,

» Elle voyait Jésus dans toute la nature,

       » Et cette image pure

       » Agrandissait son cœur !

» Oh ! quelle Poésie allait surgir en France !

» Quel soleil se levait au bord de l'horizon ,

» Quels ravissants accords , quelle harmonie immense ,

 » Quels torrents d'espérance

» Tombaient du divin Mont !

» Oh ! comme les Français naïfs et catholiques

» Eussent jeté partout les flots de la beauté ,

» Les concerts de Sion , les Mystères bibliques ,

 » Les Chants eucharistiques

» Et la virginité !

» Oh ! comme ce pays, où la Vierge sublime ,

» Assise dans les cieux à côté de Jésus,

» Recevait tendrement un tribut unanime,

 » Aurait atteint la cime

» De toutes les vertus !

» Et l'on verra du Paganisme

» Le culte reparaître encor

» Avec l'Orgueil et le Sophisme,

» Ces deux messagers de la mort !

» Et presque tous les catholiques,

» Oubliant les beautés bibliques,

» Ramperont aux pieds des Classiques

» En invoquant leurs mille dieux !

» Et rétrécissant leur génie,

» Ils perdront la vaste harmonie

» Et la poésie infinie

» De leurs temples mystérieux !

» Oh ! quand je présidais aux vastes cathédrales,

» Que sous l'Esprit de Dieu leurs flèches triomphales,

   » Montaient miraculeusement

» En solides festons où jouait la lumière,

11

» Comme dans les forêts où l'heureuse paupière

    » Contemple avec tressaillement !

» Oh ! quand je remplissais les artistes de France

» Et le peuple pieux et jusqu'aux villageois

» D'un saint enthousiasme , et que tous à ma voix

      » Rayonnants de puissance,

      » Élevaient en silence

      » Les temples d'espérance

      » Dignes du Roi des rois !

» Oh! quand se détaillaient ces rosaces sublimes

» Où brillaient des autels les mystères intimes ,

    » Comme un feu dans l'éloignement,

» Que se développaient les forêts de colonnes,

» Et que leurs chapiteaux en célestes couronnes

    » Fleurissaient gracieusement !

» Oh ! quand je m'écriais : courage, noble France,

» Anime par la Foi tous ces monts transportés,

» Unis ces ornements d'ineffables beautés,

> » La cathédrale immense,

> » Ainsi qu'une existence,

> » Montait avec puissance

> » Jusqu'aux cieux enchantés !

» Oh ! comme s'élevaient les voûtes ogivales,

» Ces mille cieux si beaux des saintes cathédrales,

> » Où l'œil se perd mystiquement !

» Où le jour se brisait en milliers d'étincelles

» Comme l'astre roulant aux voûtes éternelles,

> » Dans l'espace du firmament !

» A travers les vitraux où la noble peinture

» Par les rayons du ciel inspirée au lieu saint,

» Faisait briller les faits du grand Livre divin,

» Une lumière pure

» Et pleine de parure,

» Glissait sur la dorure

» De l'autel surhumain !

» Comme un charmant rayon du soleil qui colore

» Les diamants des nuits scintillants à l'aurore,

» Passe au milieu des fleurs d'amour,

» Et plonge vaguement au fond du blanc calice

» Où mille doux reflets s'élèvent quand il glisse,

» En jetant la vie et le jour !

» Ils étaient dignes de l'Hostie

» Ces temples enfants de la Foi,

» Où l'ineffable Eucharistie

» Avait son trône de grand Roi...

» Ces merveilleuses basiliques

» Avec leurs fêtes catholiques

» Aux Habitants-Archangéliques

» Inspiraient du ravissement !

» Et Dieu de la voûte infinie,

» A l'aspect de tant d'harmonie,

» De tant d'amour et de génie

» Souriait bienheureusement !

» Notre-Dame, vois-tu le peuple qui s'égare ?

» Plein des faux-dieux, l'ingrat ose appeler barbare

» Ton mystérieux front inspiré par la foi !

» Par degrés abjurant son antique Croyance

    » Il perd l'intelligence,

» Et l'affreux Paganisme est son unique loi !

» Ah! Réforme! ah! mensonge horrible...

» Voilà ! voilà tes fruits amers...

» L'enfer jette un voile invisible

» Qui, pareil aux grands flots des mers,

» Enveloppera cette France,

» Ce beau pays de l'espérance

» Où la Foi, céleste puissance,

» Transportait avec majesté

» Les montagnes!... Ces cathédrales

» Levant leurs têtes triomphales,

» Comme d'éternelles annales

» Instruisant la postérité !

» France, il faut te laisser en proie à l'Hérésie,

» Car tu n'écoutes plus ma voix...

» Une autre Architecture, une autre Poésie

» Vont t'assujettir à leurs lois!

» Adieu, pays sacré, que j'arrose de larmes;

    » Ah! deux siècles vont s'écouler

» Avant que ton Génie aux ineffables charmes

    » Ne vienne te renouveler! »

Il a parlé... Soudain, ouvrant ses grandes ailes,

Il s'élança semblable à l'aigle d'Orient,

Vers les sentiers d'azur des voûtes éternelles

    En laissant un sillon brillant!

Il jeta plusieurs fois ses regards sur Lutèce,

Puis enfin disparut comme l'astre des nuits,

Quand l'aurore sourit d'amour et d'allégresse

    Au milieu d'angéliques bruits!

Maintenant des Français le céleste Génie

Est descendu d'en haut et plane radieux

En répandant sur nous des torrents d'harmonie

Comme au siècle de nos Aïeux !

Bientôt l'on sentira la flamme antique et belle

Des Artistes chrétiens pour élever aux cieux

Le clocher ravissant, Basilique éternelle

Comme l'azur mystérieux !

TREIZIÈME ÉCHO.

Les deux Papillons.

XIII

Les deux Papillons.

—•—

Ma foi, vivre inconnu vaut mieux que la puissance.
La gloire et la beauté nous trahissent souvent...
    Elles agitent l'existence
    Ainsi qu'un tourbillon de vent !

L'homme est toujours rebelle aux leçons de sagesse !

Quels jours, mon Dieu ! l'ennui le tourmente sans cesse...

En lui l'inquiétude établit son séjour...

Des songes, triste effet de ses rêves de gloire,

Viennent pendant la nuit absorber sa mémoire...

Hommes, femmes, vous donc qui buvez chaque jour

Les rêves de la gloire et les songes d'amour,

     Tenez, si vous voulez m'en croire

Écoutez une fable où luit la vérité :

Sur les arbres, les fleurs, et les buissons et l'herbe,

Voltigeait, se posait un papillon superbe...

     Il était fou de sa beauté !

Ébène, pourpre, azur, or, argent, émeraude

Faisaient du papillon un objet enchanté...

Pour le peindre il faudrait tout le luxe d'une ode,

Et la fable ne veut que la naïveté,

Le laconisme et la simplicité...

Je suis déjà trop long... Enfin quand la lumière

Sur ses ailes d'amour promenait ses rayons,

L'insecte magnifique étonnait la paupière.

La bergère passant sur le bord des sillons,

Enviait ses attraits! Le papillon lui-même

Était presque amoureux de sa beauté suprême...

Le Narcisse païen est souvent imité...

Combien en voyons-nous en la machine ronde

      Qui sont épris de leur beauté!

      Plein d'une humilité profonde,

Mais aussi plein de paix et de félicité,

Un pauvre papillon, sans éclat et sans gloire,

Voltigeait près de terre... Il buvait son nectar

      Sans chercher aucune victoire,

      Sans attirer aucun regard...

Il faisait son chemin du chèvre-feuille aux roses,

De l'herbe des gazons aux plus suaves choses,

Humait l'air et l'azur, et ses chastes amours

Charmaient, embellissaient le printemps de ses jours.

Il rencontre, en volant sur la rose sauvage,

Le papillon superbe aux reflets gracieux,

    Qui le regarde en lui disant des yeux :

    A ma beauté rends un sincère hommage !

L'autre, peu soucieux des attraits enchanteurs

    Qui captivaient de nombreux spectateurs,

S'en allait humblement le cœur plein d'innocence.

    Blessé de cette indifférence,

L'insecte ambitieux l'arrête, en lui disant

    D'un ton de maître et méprisant :

Mon cher ami, je plains ta triste destinée !

Sur toi quelle paupière est jamais enchaînée?

Tu passes inconnu du pré dans le vallon,

    Et tu n'as ni gloire ni nom !

La nature marâtre envers toi fut ingrate...

Car sur ton corps, hélas! aucun reflet n'éclate...

Une couleur fanée est tes plus beaux habits...

Tandis que je suis plein d'or, d'argent, de rubis.

Infortuné ! quels jours tu coules sur la terre...

Connais-tu la beauté ! l'art glorieux de plaire ?

Et bois-tu comme moi les plaisirs à longs flots ?

A mille objets charmés glisses-tu des propos

       Remplis de mystère et de charmes ?

Et court-on après toi pour te voir, t'admirer...

Pour t'offrir son amour jusques à t'adorer ?

En secret, dis-le moi, que tu verses de larmes !

Non, répond l'autre, à Dieu ne plaise que jamais

Je murmure, ou j'envie une beauté superbe...

Je connais le bonheur et l'amour et la paix...

Je n'ai pas sur mon corps tes glorieux reflets,

Mais aussi pas de crainte en me glissant sur l'herbe ;

Le désir de briller ne me dévore pas !

Et moins que toi ma vie est proche du trépas...

Ta beauté peut te perdre ! il faut que je te dise

Que la main de l'enfant de tes couleurs éprise

Peut te saisir, hélas !

Pendant qu'ils disputaient arrivait pas à pas

La casquette à la main un enfant en ses classes ;

L'espiègle s'approchait, s'approchait, et voilà

Qu'il lance son bonnet !... l'insecte reste là

Avec ses diamants, et l'autre au ciel rend grâces,

Content d'être inconnu ! La gloire et la beauté

Peuvent nuire souvent à la félicité !

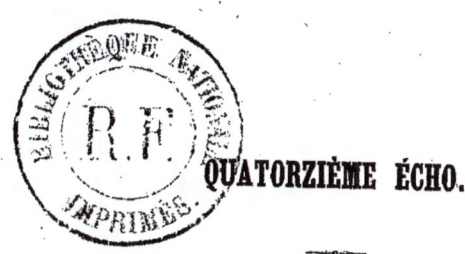

QUATORZIÈME ÉCHO.

Epitre à mon Ami.

XIV

Épitre à mon Ami.

—⊷⊶—

1

L'amitié rafraîchit... dans l'exil tout s'efface...

Jeunesse, ambition, amour, gloire, tout passe !

Un âge vient où l'homme a besoin de repos :

Il s'éloigne du monde et du bruit de ses flots !

Et parmi les débris des passions charnelles

Il trouve un sentiment tout brillant d'étincelles,

Vainqueur des ans... c'est toi, précieuse amitié...

N'es-tu pas le bonheur! n'es-tu pas la moitié

De l'existence... Aux jours du jeune âge rapide

Où l'heure sur le front passe douce et limpide,

Où la fleur du printemps cueillie au fond des bois,

Où le ruisseau riant qui module sa voix,

Où d'instant en instant la harpe éolienne

Soupire chastement comme une âme chrétienne,

Où la feuille tombant au gré du vent du soir,

Quand sous le chêne-vert tristement vient s'asseoir

L'homme qui pleure encore une joie éclipsée

Comme l'astre qui file en sa route effacée,

Où tout ce que l'on voit, l'on sent et l'on entend,

Est un baume divin qui rend le cœur content,

Amitié vertueuse, Archange aux blanches ailes,

Habitant radieux des voûtes éternelles,

C'est toi, c'est ton regard qui, sur tout l'univers,

Jette si veloutés mille reflets divers !

Et le premier bonheur qui caresse notre âme

Et l'entr'ouvre en blanc lis, c'est ta céleste flamme,

Qui pénètre déjà le cœur tout virginal,

Comme du mois de Mai le rayon matinal

Passe divinement au sein des violettes,

Dont le baume est moins doux que celui que tu jettes

Sur les pas bien heureux de deux chastes amis,

Dès longtemps à tes lois fidèlement soumis ;

Et si le premier homme, au jardin des délices,

Où du bonheur des cieux il goûtait les prémices,

N'eût pas mangé le fruit de l'arbre défendu,

Ton baume sur le monde eût été répandu,

Comme du jour brillant les torrents de lumière !

Tu nous eusses ouvert et fermé la paupière...

De la sainte amitié le règne universel

Eût fait de l'univers un paradis réel...

Aujourd'hui l'amitié n'habite plus la terre :

La Foi, que l'Hérésie et le cruel Voltaire

Ont obscurcie en nous, faisait les vrais amis !

Les hommes l'un à l'autre en secret ennemis,

Ignorent les douceurs célestes, ineffables

De la belle amitié ! Leurs plaisirs misérables

Laissent toujours au fond de leur cœur desséché

Un ennui qui ne peut jamais être arraché !

La gloire porte en soi du fiel et des épines...

L'or dessèche le sein ! et des voûtes divines

La paix ne descend pas sur le front débauché :

L'amitié ! l'amitié ! c'est le bonheur cherché...

On ne la trouve plus ! Avec la Foi sublime

Elle s'est envolée... Immortelle victime,

L'âme rampe ici-bas dans l'abrutissement

Comme l'esclave avant l'heureux avènement

De Jésus, dont l'amour et la foi surhumaine

Changeant divinement notre nature humaine,

Ont répandu partout sur la société
La liberté du cœur, la seule liberté !

L'âme ici-bas est isolée
Comme un orphelin malheureux...
Et dans la terrestre vallée
Elle voit ses jours douloureux
S'écouler comme un mauvais songe...
Et l'inquiétude la ronge
Comme un ver dans le cœur d'un fruit...
La Foi, lumière intérieure,
Est éteinte... Et cette âme pleure,
Pleure dans l'éternelle nuit...

L'aigle blessé roule victime
De l'espace mélodieux

Dans les ombres du noir abîme...

Et là ce roi tombé des cieux

Agite ses ailes funèbres

Au milieu d'épaisses ténèbres ;

Sur le rocher qui l'a meurtri

Il se traîne dans son angoisse

Et la main du trépas le froisse !

L'aigle a jeté son dernier cri...

Amitié ! tu n'es plus dans l'homme...

Oh ! c'est sur le sein de Jésus,

A l'ombre du temple de Rome

D'où coule un fleuve de vertus,

Que te trouve le catholique :

C'est là, douceur archangélique,

C'est là que tu nous luis encor ;

C'est là que l'éternelle Hostie

Nous répand de l'Eucharistie
L'amitié qui brave la mort !

Il est bien mon ami cet Homme,
Cet Homme-Dieu mort sur la croix,
Ce Jésus que ma bouche nomme
Et que fait triompher ma voix...
Jésus ! Jésus ! Jésus ! Victime,
Sur ton sein je franchis l'abîme
Comme l'aigle franchit les mers...
Et quand je contemple l'espace,
Je vois ton Calice qui passe
Au milieu d'amoureux concerts !

II

Oui, la bonté de Dieu brille dans ses ouvrages !

L'homme, pauvre exilé sur les lointains rivages,

Enfant qui se jouait avec de purs esprits,

Tombé de sa hauteur dans les vallons flétris,

A besoin d'être aimé ! Dans un misérable être

Il trouve l'amitié, ce rayon du bien-être...

Et quand tout l'abandonne à son malheureux sort,

Quand il n'a plus, hélas ! qu'à demander la mort,

Un chien s'attache à lui, le baise, le console,

Et par l'amour constant, éloquente parole,

S'entretient avec lui des yeux et de la voix...

Oh ! qui ne verrait pas la beauté de vos lois

Sur la création ! Cet univers immense

Proclame votre nom bien haut... Notre existence

Voit toujours votre main lui répandre l'amour...
Le chien est un ami qui veille chaque jour
A notre seuil, qu'il garde avec cette tendresse,
Cet entier dévoûment qui l'anime sans cesse!
Ce n'est pas l'animal que j'admire, ô mon Dieu,
C'est votre immense amour en ce terrestre lieu...

III

J'ai chanté l'amitié qui ferait de la terre
Un Éden bienheureux... Mais l'homme solitaire
Fuit l'homme et ne vit plus que comme un exilé
Chez un peuple barbare! et son cœur désolé
Cherche le faux bonheur dans les brutales joies,
Ou de l'ambition va sillonner les voies...
Pour acquérir de l'or dont il ne jouit pas...
Que de nuits sans sommeil! de travaux et de pas

Dans un chemin boueux tout hérissé d'épines...

Tandis que l'amitié, vierge aux beautés divines,

Répandrait dans son sein les modestes douceurs

Qui parfument nos jours plus que l'encens des fleurs.

Venez, dit-elle, allons, je vois les violettes

Fleurir pour les amis, les amants, les poètes;

Venez sur les gazons du printemps... et l'ormeau

Balance sur vos fronts son feuillage nouveau...

Venez, le ruisseau coule et la fauvette chante,

Et le calme des bois innocemment enchante...

Venez, heureux amis... A cette douce voix

Ils s'emportent tous deux à l'ombre des grands bois...

Que de doux entretiens ! Amitié précieuse,

Plaisir des Chérubins... flamme mystérieuse...

Bienheureux le mortel qui possède un ami !

Il ne connaîtra pas le bonheur à demi !

Il n'a rien sous le ciel à demander au Père...

Il a le vrai trésor ! la perle de la terre...

Mais vous qui n'avez pas trouvé ce cher trésor
Chez les hommes... allez, allez frapper encor
Au cœur du seul ami qui demeure fidèle...
Jésus ! votre amitié remplit l'âme immortelle...
O doux ami ! Jésus ! ami, dont la beauté
Verse la paix, l'amour et l'immortalité...
Avec vous j'ai goûté les célestes prémices,
Et je bois nuit et jour aux torrents des délices...
Ah ! que je sois frappé par le monde ennemi...
Je rirai... car Jésus, vous êtes mon Ami !!..

Puissent les accents du poète
Rejaillir sur l'humanité...
Comme la harpe du prophète
Que fait parler la vérité...
Puisse ma voix eucharistique
Réjouir l'âme catholique

Et l'entraîner au saint autel...
Où Jésus se donne à notre âme,
Pour y faire briller la flamme
Qui monte aux pieds de l'Éternel !

L'encens mystérieux que le pasteur allume
Au fond de l'encensoir,
Jette sa flamme et puis en nuage parfume
Dieu que le cœur peut voir !

LIVRE DEUXIÈME.

PREMIER ÉCHO.

—◦—

Invocation.

I

Invocation.

———

Nous étions étonnés de notre destinée !

L'heure pour nous glissait de bonheur couronnée !

Mais malgré ce bonheur, dans de certains moments,

Je me sentais ému par des pressentiments !

Je voyais luire en moi comme une pâle flamme,

(Car notre ange gardien nous parle au fond de l'âme,

Il n'est personne encor qui ne l'ait entendu!)

Alors si son regard expressif, plein de charmes;

Son regard où brillaient l'amour et la vertu,

Rencontrait mon regard, nous répandions des larmes.

Il ne m'a pas trompé l'ange qui me conduit,

Aux régions des cieux elle s'est envolée!

Et je viens aux rayons de l'astre de la nuit

Qui dans le vague azur me regarde et me suit,

      M'appuyer sur son mausolée!

Pourquoi les cœurs unis par le plus pur amour

Ne retournent-ils pas au ciel le même jour?

Car le sensible cœur privé de ce qu'il aime,

Que fait-il ici-bas dans l'immense désert?

Ne lui manque-t-il point une part de lui-même?

La plus intime part de la chair de sa chair?

Mon âme est triste et solitaire
Comme le cyprès des tombeaux !
Je me dis : Pourquoi sur la terre
Attendre encor des jours nouveaux ?
L'objet qui remplissait mon âme,
Qui s'est éteint comme une flamme,
N'est plus ici, je n'y suis plus !
Hélas ! pour moi dont l'âme est veuve,
Et dont la vie est une épreuve,
Les jours, les nuits sont superflus !...

Tombeau, je te revois encore
Dans le silence de la nuit.
Sur toi le doux rayon colore
Son saint nom qui partout me suit !
Dans mes regrets et mes alarmes,
Tu me vis te mouiller de larmes,

Comme l'eau qui tombe le soir.

Sous le cyprès qui te couronne,

Mon esprit encor s'abandonne

Aux rêves où je crois la voir !...

Ange qui parsemais ma vie

De paix, d'amour, de fleurs, d'espoir,

Appelle-moi dans ta patrie

Où mes yeux pourront te revoir !

Ah ! je voyais bien que la terre,

Ce vallon de pleurs, de misère,

Ne captivait pas tout ton cœur !

Ta foi, cette vive étincelle,

Éclairait ton âme immortelle

Dans le sentier du vrai bonheur !

Tu m'aimais! et je t'aime encore !

Nos deux cœurs ne faisaient qu'un cœur !

Tous deux au retour de l'aurore

Ils s'élevaient jusqu'au Seigneur !

Leur prière était aussi pure

Que le parfum de la nature,

Qui des fleurs s'élève au matin,

Quand sur la terre reposée,

On voit la brillante rosée

Mouiller de pleurs le Lis divin.

O mon amie, un jour je quitterai la terre

    Comme toi pour voler aux cieux !

Là je te reverrai, là ta douce paupière

      Rencontrera mes yeux !

Ah ! que ce temps est long ! dis au Dieu que j'adore,

De hâter le beau jour où je m'élancerai

Comme l'oiseau des champs aux clartés de l'aurore,

Jusqu'à ses pieds divins où je te reverrai !

Dis-lui , mais ne peux-tu , céleste intelligence ,

Te montrer un instant à ton fidèle ami ?

Ah ! si je te voyais je serais raffermi !

Si j'entendais ta voix , un rayon d'espérance

Jusqu'au dernier moment réchaufferait mon sein ;

J'attendrais mieux encor l'heure de délivrance,

Et l'aurore du jour qui n'aura pas de fin !

Oh! viens m'envelopper sous les plis de ton aile !

Viens dérider mon front de regrets obscurci !

Tu peux , ange d'amour , t'envoler jusqu'ici !

Tu peux franchir des cieux la demeure éternelle !

Tu peux , pour consoler ton ami qui t'appelle ,

Lui murmurer ces mots qu'il n'oublîra jamais :

» Je n'ai point oublié celui qui sur la terre

» Unit son cœur au mien par un amour sincère ;

» Je l'aime comme il m'aime, il viendra, je l'espère,

» Se plonger avec moi dans l'océan de paix ! »

O mon amie, ombre adorée !

Tu voltiges autour de moi,

J'entends ta parole sacrée,

Je ne me trompe pas, c'est toi !

C'est toi qui viens sourire à l'amant solitaire

Qui veille assis sur ton tombeau !

Tu n'as pas dédaigné son ardente prière,

Te voilà, je t'embrasse encor sur cette terre

Qui fut comme à moi ton berceau !

. . . .

. . . .

DEUXIÈME ÉCHO.

A l'Auteur de l'Imitation.

II

À l'Auteur de l'Imitation.

Le soleil comme un roi qui doucement se couche,

Sur le riche horizon jette des reflets d'or,

On dirait le palais du Seigneur, et ma bouche

N'a plus d'expressions, et je médite encor :

Mon Dieu , que vous avez dans l'univers immense
Prodigué de splendeur! semé de majesté!
Que le couchant est beau! que de magnificence
Proclamant votre nom et votre éternité!...

Vous avez dit, Seigneur, pour enfanter le monde :
» Que la lumière soit, et la lumière fut! »
Le soleil embrassa l'immensité profonde ,
Et depuis six mille ans il rayonne éperdu !

Le voilà descendu de son char... et la terre
Rentre dans le silence et dans l'obscurité...
Il reste à l'horizon des lambeaux de lumière
Que la nuit fait pâlir sous son voile enchanté !

La campagne s'endort ; mon âme recueillie
Retrouve avec le soir les charmes de la paix,
Elle s'élève à Dieu dont l'amour l'a remplie :
La prière la porte aux célestes palais !!

Comme l'aigle est ravi sur ses puissantes ailes
Des terrestres vallons qui semblent fuir sous lui,
Majestueusement aux voûtes éternelles
Où sur son char de feu le flambeau du jour luit !

Sur ce coteau que baigne une eau dont le murmure
De la mélancolie excite le bonheur,
Enivrons tous nos sens d'une volupté pure,
Jouissons du repos que verse le Seigneur !

Hélas ! l'homme ici-bas est comme le nuage
Que le souffle des vents emporte et fait flotter,
A-t-il un jour de paix? toujours comme au rivage
L'eau bruyante à son cœur roule et vient se jeter !

Que l'homme est misérable en l'exil de la terre,
Ainsi que le roseau qui se courbe et gémit,
Il est toujours penché sous la douleur amère,
Dans le trouble toujours sa poitrine frémit !

De l'Imitation qui console notre âme,
Auteur, tu le savais, que l'homme est un roseau
Que courbe le chagrin ! que l'ennui de sa flamme
Dévore tous ses jours jusqu'au fond du tombeau !

Tu savais, ô Chrétien, que, dans notre vallée,

Les larmes, du soleil obscurcissent l'éclat,

Que le jour et la nuit, triste, l'âme exilée

Pleure les cieux perdus où l'on voit Jéhovah !

Toi qui fermes souvent les blessures de l'âme,

Qu'elle reçoit du monde ennemi de la paix,

Où l'homme est agité sur la bruyante lame,

Où, rêveur, il s'appuie à l'ombre des cyprès !

Toi qui du cœur humain, lis qui voit une aurore,

As si bien fait vibrer les immenses douleurs,

Toi dont la voix d'amour charme, adoucit encore

Les battements du sein, l'amertume des pleurs,

Comme l'ami penché sur son ami fidèle
Au calice qu'il boit distingue un peu de miel,
Et jusqu'au jour marqué, de l'épreuve cruelle
Sent plus léger le poids imposé par le ciel !

Toi, Pain de chaque jour pour mon âme exilée,
Que j'aime d'un amour grand et mystérieux,
Et qui m'as tant de fois, dans la triste vallée,
Rafraîchi dans les eaux qui vont jaillir aux cieux,

Toi dont le sein paisible où mon âme repose,
Exhale un doux parfum qui calme tous mes sens,
Parfum bien au-dessus du parfum de la rose,
Et qui remonte à Dieu comme des flots d'encens,

Lorsqu'en un jour de fête on voit le prêtre auguste
Promener sur l'autel le sonore encensoir,
Dont la flamme embaumée au calice du Juste
Laisse un léger nuage où l'ange vient s'asseoir,

Toi dont la main fidèle a su tarir mes larmes
Lorsqu'un sentiment fort débordait de mon sein,
Et que le trouble amer en détruisait les charmes
Comme l'aube au réveil dissipe un songe vain,

Toi dont les doux accents portent mon âme au Père
Par le Christ dont la chair s'incorpore à ma chair,
Toi, le plus tendre ami de mon cœur solitaire
Après l'Agneau chanté dans l'éternel concert,

Toi qu'avant les reflets empourprés de l'aurore,

Je médite sans cesse avec un saint amour,

Qui me montre à moi-même, ainsi qu'un lac sonore

Montre sa belle image au Roi brillant du jour,

Quel pays t'a vu naître? et quelle heureuse femme

As-tu nommé ta mère, ô mon céleste ami?

Dis-moi, dis-moi ton nom! sans doute que ton âme

Habita comme moi ce corps notre ennemi?

Dans quel lieu de la terre, à l'âge d'innocence,

Allais-tu te jouer parmi l'herbe et les fleurs?

Quel écho répéta les cris de ton enfance?

Quelles mains essuyaient l'eau pure de tes pleurs?

Dans quel bois solitaire, au bord de quelle source
Plus tard commenças-tu de prier et d'aimer?
Ce lieu d'où s'élança ta belle âme en sa course
De roses et de lis doit encor s'embaumer !

Ah ! si je connaissais cet endroit de la terre
Où, jeune homme, souvent tu venais t'arrêter,
J'irais, j'irais baiser mille fois la poussière
Où, tombant à genoux, on te vit méditer !!!

L'écho me redirait ces transports de l'extase
Que tu lui confiais dans tes hymnes d'amour,
Dont chaque ligne encore est un feu qui m'embrase,
Et me ravit heureux au céleste séjour !

Comme le grand Saint-Paul, apôtre évangélique,
Embrasé par les feux de tant de charité,
Fut ravi saintement dans son vol séraphique
Jusqu'au troisième ciel près de l'éternité !

Les Anges venaient-ils écouter ta Doctrine?
Ou bien te dictaient-ils tes concerts surhumains?
Sans doute, ils t'ont prêté leur musique divine?
Ou sur ton luth d'amour ils ont posé leurs mains?

Dans quelle solitude en mangeant l'humble Hostie
As-tu voilé tes yeux vers le dôme d'azur,
Comme au fond de l'espace une étoile obscurcie
Sent la brume d'hiver nous voiler son front pur?

Quand l'ange de la mort voltigea sur ta couche ,

Heureux, heureux celui qui reçut saintement

Ce suprême soupir exhalé de ta bouche ,

Parfum qui remonta jusques au firmament !

Sans doute qu'un encens inconnu sur la terre

A rempli la demeure où tu fermas tes yeux ,

C'était le divin baume , encens qui vole au Père ,

Et que laisse après lui le saint qui monte aux cieux !

Ainsi quand reposait le corps , le corps auguste

Du sublime chrétien qui me donne le jour ,

La demeure embaumait et l'on disait : « Ce juste

» Exhale les parfums de l'Éternel-Séjour ! »

Mais , es-tu né , dis-moi , dans l'exil de la terre ?

Peut-être ignores-tu les douleurs d'ici-bas ?

Si tu n'es pas un ange envoyé par le Père ,

Pourquoi , mon bien-aimé , ne te connaît-on pas ?

Es-tu le Séraphin adorant dans l'extase

L'Agneau que nous mangeons dans le Pain des autels ?

Sur l'instrument sacré dont l'harmonie embrase ,

As-tu toujours chanté les palais éternels ?

As-tu vu Jéhovah par son Verbe suprême

Appeler la lumière et déployer les cieux ,

Comme l'astre en montant semble créer lui-même

L'univers s'esquissant par degrés à nos yeux ,

Quand la nuit repliant encor ses sombres voiles,

Le chaos se dissipe, et le vaste horizon

Jette ses diamants plus beaux que les étoiles,

Quand la nuit se promène et blanchit le vallon ?

As-tu vu dans l'Éden la Trinité sublime

Dont la grandeur remplit les autels du saint lieu,

Former en elle-même un conseil unanime

Pour créer l'homme auguste à l'image de Dieu ?

Faut-il te croire un ange ou placer sur la terre

Ton berceau, tendre ami, lumière de l'amour ?

Dieu t'a-t-il envoyé sous le sceau du mystère

Nous porter ton beau Livre au terrestre séjour ?

Ah ! si tu ne fus pas exilé sur la terre ,

Si tu naquis aux cieux pour adorer toujours ,

Si tu ne connus pas l'existence éphémère ,

Si tu n'as pas compté les heures et les jours ,

Si , plongé dans l'extase avec les autres anges ,

Tu n'eus jamais que Dieu pour ton Père éternel ,

Si tu chantas toujours les sublimes louanges ?

Si tu n'as pas senti le poids d'un corps mortel !

Merci , doux Messager , qui jetas sur la terre

Un Livre que le Christ nous donna pour calmer ,

Pour dissiper souvent notre tristesse amère ,

Et pour nous exciter encor plus à l'aimer !

Mais si tu fus captif sous la tente azurée

Où l'homme, aigle blessé, veut prendre son essor

Mille fois au-delà de la voûte éthérée,

Et qui tombe toujours sous l'argile de mort!

Si comme moi jadis sur le sein de ta mère

Tu bus, petit enfant, l'aliment de l'amour,

Et sentis l'aiguillon de la douleur amère

Devenir plus perçant, hélas! de jour en jour!

S'il te fallut pleurer une tête adorée,

Un père que Jésus appela dans les cieux

Quand l'aube de tes jours calme, douce, azurée

Annonçait dix printemps purs et délicieux,

Si le feu dévorant des passions mondaines
Voulait incendier ton cœur de séraphin,
Si le mal essayait d'accabler de ses chaînes
Tes membres virginals et purs jusqu'à la fin,

Comme le fier serpent de la terre brûlante
Se cache sous les fleurs, et, sûr de triompher,
Il vous montre soudain sa gueule dévorante,
Et dans ses nœuds de glace il vient vous étouffer !

Si tu fus homme enfin, homme pétri de larmes,
Être immortel vaincu par les traits de la mort,
Si tu mangeas le Pain des ineffables charmes,
Pain d'amour relevant l'homme immortel encor,

O mon frère, béni, béni sois-tu sans cesse,

Grâce! hommage! louange! honneur! respect! amour!

Oui, que tu sois chanté dans l'hymne d'allégresse,

Que ton nom retentisse au terrestre séjour!

Mais que dis-je? ton nom! c'est encore un mystère!

Tu voulus te cacher, ô modeste chrétien,

En nous jetant ton Livre adoré sur la terre,

Ton Livre où Jésus-Christ se reflète si bien:

Tel le doux Créateur nous verse en abondance

La lumière et les fruits et les fleurs et les jours,

Nous jouissons de tout! ô bonne Providence,

En nous comblant de biens, vous vous cachez toujours!

Nous ne nous voyons pas!... Mais la cloche argentine
Chante le *Te Deum* au couvent, à minuit...
Les moines inclinés, vers la voûte divine
Répètent : « Saint ! Saint ! Saint ! » dont tressaillit la nuit !

Ah ! ce ciel étoilé qui brille sur ma tête,
Ces rayons virginals du nocturne flambeau,
Ce *Te Deum* lointain qui m'émeut et m'arrête,
Tout révèle celui qui commande au tombeau !

Oui je m'élancerai dans votre sein, mon Père,
Comme l'aigle vainqueur dans la voûte d'azur,
Oui je verrai l'Agneau, mon seul Pain sur la terre,
Oui je verrai la Vierge au front si beau, si pur !

Comme je vois l'étoile où brille votre gloire,

Comme je vois l'azur où l'aurore nous luit,

Comme je vois l'Hostie, amour qui me fait croire,

Comme je vois le jour chasser la sombre nuit!

L'homme n'est exilé qu'un jour... et sa Patrie

L'appelle, en quelque lieu qu'il se trouve ici-bas...

Qui pourrait étouffer cette voix si chérie?

Ah! malheur au chrétien qui ne l'entendrait pas!!

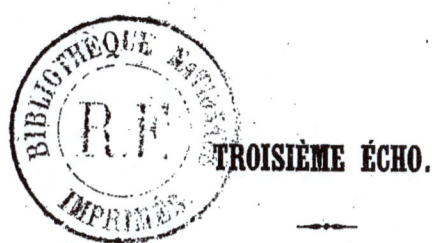

TROISIÈME ÉCHO.

———

Le Plaisir.

III

Le Plaisir.

I

Nous voulons du plaisir pour jouir ici-bas,

Et le plaisir toujours fuit le cœur qui l'appelle !

Il ne faut pas chercher une joie immortelle

Ailleurs que dans les cieux, prix de tous les combats

Que livre aux passions un cœur pur et fidèle !

Ah ! qui veut du plaisir, le peut trouver en lui !

Heureux l'homme qui va dans la verte campagne

S'asseoir sur le sommet d'une haute montagne ,

Promener ses regards où l'aurore nous luit ,

Entrevoir les rayons de l'astre qui s'éveille,

Et lance ses flots d'or, de pourpre et de chaleur,

Pour rendre à l'univers, qui dans la nuit sommeille,

L'éclat et la beauté , la vie et le bonheur !

II

Oh ! c'est là que son cœur enivré de délices,

Du jour qui recommence admire les prémices ,

Autour de lui les fleurs ouvrant leurs doux calices,

L'inondent de parfums qui pénètrent ses sens.

Mille oiseaux saluant de chants mélancoliques

Du matin des beaux jours les beautés poétiques,

Et l'ombre et la fraîcheur des rameaux frémissants,

Et le cours inégal des ruisseaux murmurants,

Dont les flots argentés du flanc de la montagne

Jaillissent et s'en vont au loin dans la campagne

S'égarer pour toujours parmi l'herbe et les fleurs !

L'immensité des cieux, l'astre qui les éclaire,

Le nuage éclatant des plus vives couleurs,

Les hameaux, les forêts, ornements de la terre,

L'universel concours de la création,

Tout inspire à son cœur la méditation,

Tout lui révèle un Dieu dont la bonté suprême

Entretient l'univers depuis le premier jour

Dans un accord parfait d'existence et d'amour,

Un Dieu qu'on voit partout et que partout on aime;

Il le voit en esprit, il le voit en lui-même,

Et son cœur, au-delà du soleil, emporté

Plus vite que l'oiseau fendant l'immensité,

Aux anges va s'unir pour chanter le grand Être,
Dont les œuvres d'amour lui versent le bien-être !
Bonheur plus précieux et mille fois plus grand
Que le faible plaisir de ce monde inconstant !

QUATRIÈME ÉCHO.

—◦◦◦—

Le Mariage Catholique.

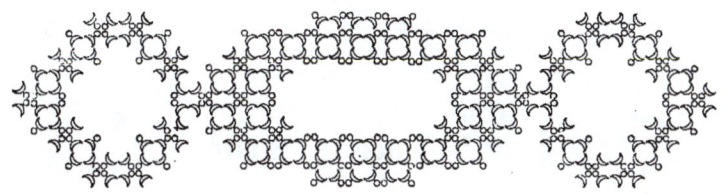

IV

Le Mariage Catholique.

L'AMANTE.

O bien-aimé que Dieu me donne,

Tu vas devenir mon époux,

Et par ce Sacrement si doux

Déjà mon front pur se couronne

De fleurs que Dieu tresse pour nous!

Tu sais que l'hymen est sublime,

Que Dieu même en serre les nœuds,

Et que soudain la flamme intime,

Qui s'allume si belle aux pieds de la Victime,

Brille et ne s'éteint plus pour le bonheur de deux!

Que dis-je! et ces enfants, portion de nous-même,

Grandissant, s'élevant à nos côtés, heureux,

O bien-aimé, voilà la joie immense, extrême,

Après le saint amour des vierges du saint lieu,

Et les ravissements du prêtre qui repose

Son front calme et serein sur le cœur de son Dieu,

Comme la goutte d'eau dans le sein de la rose,

Quand la fraîche nuit dit adieu,

Et que la matinale aurore

Commence à caresser les roses et les lis,

Et que le roi du jour, dont la mer se colore,

De ses rayons puissants, plus beaux que les rubis,

Emporte la rosée au milieu de l'espace,

Car rien dans l'univers, bien-aimé, ne s'efface :
Le corps germe au tombeau, l'âme est au Paradis !

Brillez donc, nature sublime,
Planez donc, oiseaux de l'abîme,
Glissez, flottez, lumière intime,
Roulez, astres du firmament,
Mugissez, liquide étendue,
Foudres, éclairs, percez la nue,
Soleil, éblouissez la vue,
Sortez majestueusement
De votre couche magnifique,
Élancez-vous, géant mystique,
Franchissez les mers et les monts,
Faites rayonner les vallons,
Les forêts, toute la nature,
Sans vous bientôt dans le néant ;

Et de votre clarté si pure,

Inondez le vaste océan !

O temps , fais boutonner la rose,

Fais-la tomber sur le gazon,

Ronge et réduis à rien le rocher du vallon,

Taris le fleuve qui l'arrose!

Jette les jours , les mois, les ans sur notre front,

Courbe l'argile passagère

De l'âme ici-bas étrangère,

Ainsi que l'exilé loin de son beau pays !

Flétris les roses et les lis,

L'enfance et le printemps, le jeune âge qui sème

Les rêves de l'amour, les fleurs de la beauté,

Et sur le front naïf la virginité,

Comme la nuit répand les étoiles que j'aime!

O temps, nous te verrons dans ton vol arrêté,

    Te briser, te briser toi-même

    Sur le seuil de l'Éternité,

Quand notre âme élancée à la voûte suprême

Chantera le grand jour de l'immortalité !

Aimons-nous donc toujours, aimons-nous sur la terre

Sans nous inquiéter des jours du lendemain :

La mort nous fait tomber dans l'éternelle main

    De Jéhovah que l'Agneau du Calvaire

Veut que nous appelions notre céleste Père !

Et passons ici-bas comme le roi du jour :

Sur les infortunés répandons la lumière !

Remettons l'espérance au fond de leur paupière

Où s'est éteinte, hélas ! la flamme de l'amour !

Parcourons le réduit de la veuve éplorée,

Et sauvons de la mort l'âme désespérée !

Comme l'Agneau de Dieu donne aux petits oiseaux

La graine des sillons et l'onde des ruisseaux,

Donnons à l'orphelin le froment de la vie

Avec le Pain de l'âme et de l'éternité !

Et pour mieux nous aimer, aimons l'humanité !

Le chaume et le palais le soleil vivifie !

Entends-tu murmurer dans l'ombre des rameaux

La brise du printemps ! et les rayons si beaux

De la reine des nuits traversent le vieux chêne,

Comme un regard de Dieu de la voûte lointaine

Qui se courbe en cristal et brille en diamant !

Quel calme et quelle joie au fond du firmament !

Je prête l'oreille au silence :

La beauté de la nuit réveille l'espérance,

Et soulève avec nous le poids de l'existence

Que l'infortuné traîne en répandant des pleurs,
Et le soir, gémissant l'hymne de ses douleurs !

Cette belle nature, et calme et recueillie,
C'est la vierge au saint lieu qui s'incline et qui prie
Quand la lampe d'amour brille au coin de l'autel,
Comme la charité du Fils de l'Éternel,
      Cet Agneau du divin calice,
      Ce Pain offert au Sacrifice,
Cette Hostie adorée où le prêtre attendri
Mêle ses chastes pleurs aux pleurs de Jésus-Christ !

La nature endormie est la vierge qui pense
Aux angéliques jours de sa candide enfance,
Et laisse de ses yeux échapper quelques pleurs,
Purs comme la rosée au calice des fleurs !

Quel calme dans notre âme :
L'étoile brille aux cieux
Comme une douce flamme
Qui révèle et proclame
Jéhovah, Dieu des dieux !

De temps en temps la brise
Sur le fleuve d'azur
Dont le cristal se brise,
Comme un orgue d'église
Chante son hymne pur !

Dans le bois solitaire
Le plus beau des oiseaux
Unit avec mystère
Son hymne printannière
A l'onde des ruisseaux !

Et du vallon champêtre,

Où glisse, après le bruit,

Dans l'ombre du vieux hêtre,

Candide comme un prêtre,

Le flambeau de la nuit,

L'écho plein d'harmonie

Répète avec amour

Du céleste Génie

La voix indéfinie

Jusqu'à l'aube du jour !

La nature soupire

Et semble bénir Dieu,

Comme le doux sourire

Accompagnant la lyre

D'une vierge au saint lieu !

L'encensoir des Archanges
Flotte au milieu des airs,
Et leurs lyres étranges
Font vibrer les louanges
Du Roi de l'univers !

Comme à l'autel mystique
Le prêtre du saint lieu
Chante le beau Cantique
De la Troupe-Angélique
Devant l'Agneau de Dieu !

La nuit s'en va rapide
Dans les pensers d'amour,
Et notre âme limpide,
Sans tristesse et sans ride,
Va saluer le jour !

Comme deux tourterelles,

Au fond des bois obscurs,

A leurs amours fidèles,

Après les nuits si belles,

Coulent des jours bien purs !

O mon Dieu dont la voix retentit dans notre âme

Et nous fait tressaillir d'allégresse et d'amour ,

Bénissez les rayons de l'innocente flamme

Qui brille dans nos cœurs belle comme le jour !

Qu'il est doux de s'aimer, d'être unis sur la terre

En chantant au saint lieu celui dont la bonté

Se déroule partout ! Encens de la prière,

En nuage d'amour franchis l'immensité ,

Porte par Jésus-Christ, porte à la Providence

Le tribut parfumé de la reconnaissance ,

L'amitié de notre âme et nos larmes d'amour,
L'extase de deux cœurs qui s'aiment, qui s'enflamment,
Et qui dans l'innocence aux pieds du Christ proclament
Le Dieu qui nous sourit dans l'aube d'un beau jour !

La femme doit trouver un saint appui dans l'homme :
Fleur que le moindre vent peut courber et flétrir,
Comme l'astre des nuits sous le céleste dôme,
On la voit triompher d'amour et resplendir,
Si Dieu donne à son cœur un cœur qui la comprenne,
Qui batte avec le sien, qui l'unisse et l'enchaîne
Par l'un des Sacrements qui conserve ici-bas
La paix et l'harmonie et l'indicible joie
Qu'à la maternité le Fils de l'Homme envoie,
Bonheur qu'avant Jésus l'on ne connaissait pas !

L'homme seul ne pourrait vivre heureux sur la terre :

Au lis il faut la rose... et la femme d'amour

A l'homme fait trouver plus douce la lumière !

Le prêtre de Jésus au terrestre séjour

S'est uni pour jamais à l'éternelle Église ,

La Sœur-de-charité du Fils de l'Homme éprise ,

Adore en tressaillant son admirable époux !

Il nous faut l'union , et l'hymen catholique

Donne un prêtre à l'autel , une Vierge héroïque

Aux douleurs , aux chagrins qui se jettent sur nous!

Ainsi le saint hymen unit l'homme à la femme ,

Qui se soutient par lui comme le pampre vert

Aux branches des ormeaux ! ils font une seule âme ,

Et marchent triomphants dans l'immense désert !

Leurs enfants auprès d'eux comme des fleurs grandissent ,

Guirlandes de l'amour qui tendrement s'unissent

Pour serrer les liens des bienheureux époux :
Ainsi, dans la forêt, des blanches tourterelles
Les petits réchauffés à l'abri de leurs ailes
Augmentent leur amour et le rendent plus doux !

L'AMANT.

Oui nous nous unirons, jeune et pieuse femme,
Et nous ne ferons qu'un par la nouvelle flamme
Du Sacrement divin purifiant l'amour,
Comme l'astre immortel dissipant les nuages,
Rend au beau ciel d'azur ses flottantes images,
    Au bois, aux champs l'éclat du jour !

    La voûte céleste et la terre
    Ont entendu notre serment,

Et dans le sein de notre Père,

Au-delà du bleu firmament,

Notre promesse solennelle

Est écrite en flamme éternelle

Au livre de l'éternité !

Nous ne sommes plus qu'un seul être...

Et la parole du saint Prêtre

Va consommer notre unité !

Bien-aimée, il est temps que ma bouche le dise...

Ta voix est à mon cœur comme un orgue d'église

Où l'on entend chanter le brûlant Séraphin !

Ton regard virginal, où brille ta belle âme,

C'est l'étoile des nuits qui scintille et s'enflamme

Au fond des firmaments sans fin !

L'amour pur est un doux mystère,

C'est une céleste amitié,

Où la femme qui nous est chère

De notre cœur est la moitié !

C'est un océan de délices

Devant qui le fiel des calices

Se change en suave liqueur...

L'amour aux pieds du Fils de l'Homme,

Comment faut-il que je le nomme ?

Femme... c'est l'Ange du bonheur...

Quand Adam réveillé vit devant lui la Femme,

Il s'écria rempli d'une indicible flamme :

» Voilà l'os de mes os et la chair de ma chair !

» Et l'homme, pour s'unir à sa femme chérie,

» Quittera tout : parents, mère, père et patrie,

       » Tout ce qu'il aura de plus cher... »

CINQUIÈME ÉCHO.

Le Souvenir.

V

Le Souvenir.

Comme une onde fugitive,
Rapidement mon printemps a coulé !
Le printemps tous les ans arrive,
Mais pour jamais le mien s'est envolé !

O souvenir de ma jeunesse!

En vain le temps me comblerait de jours,

En vain mon front blanchirait de vieillesse,

Doux souvenir en moi tu resteras toujours !

De ma tendre jeunesse, illusion chérie,

Je vous aimais! bientôt! ah! vous avez passé!

Et retournant mes yeux dans le vague passé,

J'y redemande un père! un bon père! ma vie!...

Du chêne antique des coteaux

Heureux rejeton solitaire,

Tu mêles tes jeunes rameaux

Aux rameaux touffus de ton père!

Mais moi, dès longtemps seul, j'embrasse un peu de terre

Qui du mien cache, hélas! l'ombre sacrée et chère!

SIXIÈME ÉCHO.

L'Éloquence révèle notre Immortalité.

VI

L'Éloquence révèle notre Immortalité.

A Monsieur de Lamartine.

Dominus illuminatio mea et salus mea ! quem timebo ?
(LE PAROISSIEN.)

Que le Poète est beau sur le globe... son âme,
Reflet de la Divinité,
Jette comme un torrent de génie et de flamme
Sa grandiose majesté !

Interprète immortel du Créateur des mondes
Il pénètre cet univers !
Il explique aux humains les merveilles profondes
Vivantes dans ses nobles vers !

Son front resplendissant sous le feu qui l'anime
Révèle l'immortalité !
Et quand l'écho des bois redit sa voix sublime,
L'Ange répète : Éternité !

Oui pour l'éternité Dieu créa l'âme auguste,
Miroir de l'immense univers !
Cette âme qui voltige au pied de l'humble arbuste,
Des soleils entend les concerts !

Qu'est-ce que le génie exalté dans l'espace,

Plus rapide que les éclairs,

Et montant dans l'azur où l'esprit de Dieu passe

Comme une étoile dans les airs !

Qu'est-ce que l'éloquence, ineffable harmonie,

Qui retrace les vastes cieux,

Où de leur Créateur la puissance infinie

Resplendit et brille à nos yeux ?

— C'est l'âme, portion de l'Être aussi visible

Que l'immortel flambeau du jour,

C'est l'âme, feu sacré, noble, incompréhensible,

C'est l'âme, indestructible amour !

17

C'est l'âme, être que l'Être avec amour contemple

Du haut de son éternité,

Et qui chante, inclinée à l'autel du grand temple,

Son Père, la Divinité !

Tel le beau Chérubin, amoureuse étincelle

Dont s'entoure la Trinité,

Chante le trois fois saint et se met sous son aile

Devant la suprême Beauté !

C'est l'âme intelligente, ici-bas exilée

Comme un prince de son pays,

Comme l'aigle blessé traîne dans la vallée,

Traîne ses membres tout meurtris !

Les étoiles du ciel tomberont sur la terre,
Comme dans un grand vent les fruits verts d'un figuier,
Jéhovah roulera le ciel bleu sans lumière,
    Comme un grand livre sous son pied!

Les îles et les monts seront changés de place,
Un affreux tremblement éclatera partout...
La terre s'enfuira devant la sainte face
    De Dieu paraissant tout à coup!

Mais toi, tu ne crains pas l'extinction des mondes,
Tu verras sur ton front crouler le firmament,
Toi, tu vivras toujours! Aux régions profondes
    Tu vivras éternellement!

Pensée ! intelligence ! amour ! grandeur ! génie !
Voilà tes attributs , âme , image de Dieu !
Toi qui planes plus haut que la voûte infinie,
     Tu mourrais au terrestre lieu ?

Impiété ! blasphême ! aveuglement ! folie !
L'âme toute brûlante et d'espoir et d'amour ,
Par le penser d'un Dieu saintement ennoblie,
     L'âme plus belle qu'un beau jour !

L'âme qui n'a de paix , de joie et de délices
Qu'à s'élancer aux pieds de son Auteur divin ,
Et qui fait pour son Dieu les plus grands sacrifices,
     Cette âme l'aimerait en vain ?

Sceptique, entends-tu donc? Si l'âme était mortelle,

Dieu que l'on voit partout, Dieu n'existerait pas !

L'univers parle assez ! Beauté toujours nouvelle,

    L'âme ne craint point le trépas !!!

Non, mon Dieu, non, mon Dieu, votre immense justice,

Votre immense bonté ne peut anéantir

L'âme qui boit toujours le fiel de son calice

    Avec la douceur d'un martyr !!!...

Eh quoi, jetteriez-vous au néant qu'elle abhorre

Plus que tous les tourments, l'âme rayon d'amour,

L'âme qui vous connaît, l'âme qui vous adore,

    Et qui pense à vous nuit et jour?

Si vous gardez, Seigneur, un odieux silence,

Vous vous êtes trompé dans la création !

Vous deviez refuser la sainte intelligence

    A l'âme! O malédiction !

Et l'homme est au-dessous des reptiles, des bêtes,

Et le plus malheureux de tous les animaux,

Et le poison rongeur change toutes ses fêtes

    En chagrins! en douleur! en maux!

Le suicide affreux qui ne croit pas à l'âme,

Et brise l'existence et ses déchirements,

Ne fait plus à mes yeux une action infâme :

    Non ! il met fin à ses tourments !...

L'animal des forêts prend sa vile pâture,

Et s'endort satisfait! L'homme est toujours troublé!

Il désire toujours et rien dans la nature

    Ne remplit son cœur exilé!...

Vous le voyez, mon Dieu, l'homme gémit sans cesse!

Dans la création le plus infortuné

C'est lui! c'est lui! son cœur au feu de la tristesse

    Pour mourir est bientôt fané!

Rompez, Seigneur, rompez un terrible silence,

Et faites éclater la justice d'un Dieu!

Montrez que l'âme au ciel, immortelle s'élance,

    A l'heure du dernier adieu!

Comme le roi du jour éteignant sa lumière
A nos regards trompés, plus beau va resplendir
Dans le ciel azuré de l'immense émisphère
    Où son éclat va s'agrandir !

» — Nous avons dit : Faisons Adam à notre image !
» Et le souffle suprême habita dans son sein !
» C'est l'âme indestructible et qui doit rendre hommage
    » Toujours! à son Dieu trois fois saint !!..

» L'inquiétude est là dans le fond de cette âme,
» Comme un verbe divin qui lui dit : Pense aux cieux...
» La terre est un exil ! Que mon grand nom t'enflamme
    » Jusqu'au trépas mystérieux !

» Ingrat, peux-tu douter de la vie éternelle?

» Mon Fils mourant pour toi ne t'en dit pas assez?

» Tombe au pied de la croix! et pleure, âme immortelle..

   » Tous tes doutes sont effacés...

» Homme ingrat... viens ici! viens voir l'Agneau sublime

» Qui te donne son sang et sa chair à manger...

» Peux-tu douter encor sans folie et sans crime?

   » Peux-tu douter sans m'outrager?

» Ton corps même, détruit dans l'ombre de la tombe,

» Ayant le germe heureux de l'immortalité,

» Sortira triomphant ainsi qu'une colombe

   » Pour contempler la Trinité!

» Le Sacrement d'amour t'ouvrira la Patrie

» Où tu resplendiras des feux de ma splendeur,

» Où tu répéteras, avec l'Ange et Marie,

    » Le *Te Deum* de ma grandeur ! »

    Triomphe donc, sainte éloquence,

    Preuve de l'immortalité,

    Retentis, harpe d'espérance,

    Et verse-nous la vérité !

    Chante bien haut, Vierge choisie,

    Laisse tomber la Poésie

    Ainsi qu'un verbe créateur,

    Fais luire et rayonner ta flamme.

    Voilà tout l'homme ! voilà l'âme

    Qui s'élance de sa hauteur !

C'est toi, majestueux Poète,

Qui révèles notre grandeur,

Et ton âme que rien n'arrête

Monte toujours dans sa splendeur

Jusqu'aux ineffables demeures

Où l'on ne compte plus les heures

Que remplace l'éternité !

Où le serpent d'inquiétude

Ne peut de la béatitude

Atteindre le ciel enchanté !

Les cieux, la terre et l'homme auguste

Revivent dans tes nobles vers :

Tu fais gémir le tendre arbuste

Et chanter le vaste univers !

Oh ! quelle douceur infinie !

Quelle grandeur et quel génie !

Quelle éclatante majesté !
Qui donc avant toi sur la France
Avait versé tant d'éloquence
Avec tant de sublimité !

Le printemps a-t-il plus de grâce,
Couronné de pourpre et de fleurs ?
Les larmes que le jour efface
Lancent-elles plus de couleurs ?
L'automne dont le front s'incline
Et laisse errer sur la colline
Sa mystérieuse beauté,
A-t-elle plus de pensers vagues ?
Et l'océan avec ses vagues
Montre-t-il plus de majesté ?

Lamartine est le grand Poète
Par la Foi romaine enfanté!
Tout l'éclat ravissant qu'il jette
N'est qu'un rayon de la beauté
Et de la douceur de l'Hostie!
C'est dans l'immense Eucharistie
Qu'il a puisé son chaste amour!
Sa sublime mélancolie,
Par l'espoir toujours embellie
Comme un ciel par un demi-jour!

Quand la fraîcheur souffle en silence
Dans les vallons et dans les bois,
Et que l'astre des nuits s'élance,
On entend une seule voix
Qui bienheureusement se mêle
Au demi-jour, c'est Philomèle...

Harpe de l'azur enchanté,

Qui soupire et monte en l'espace

Comme l'hymne d'amour qui passe

Et se perd dans l'immensité !

L'antiquité, fille adultère

Morte avec son culte odieux,

La Grèce, cette heureuse terre

Où tout est si mélodieux,

Rome, l'inébranlable ville,

Fière d'Horace et de Virgile,

Ces Païens ont-ils de leur cœur

Fait rejaillir une éloquence

Comme la tienne? Oh ! non... la France

A donné l'immortel vainqueur!...

Homère est magnifique ! et Pindare s'élance

Avec l'essor de l'aigle ! Horace se balance

Sous les verts orangers , et parmi les amours !

Virgile dans son char poursuit son noble cours ,

Comme l'astre argenté plein de mélancolie ,

Quand le voile du soir vaguement se déplie

Et répand ici-bas un calme solennel ,

Comme si l'univers contemplait l'Éternel !

Ces Poètes , l'amour de la Grèce et de Rome ,

Se taisent devant toi ! quand sous l'immense dôme

Tes accents surhumains émeuvent le vallon ,

Font garder le silence au fougueux aquilon ,

Enchantent les échos du fleuve qui serpente ,

Comme un miroir du ciel , et va de pente en pente

Tomber dans l'océan , ainsi qu'aux pieds de Dieu

L'âme qui vient de faire un éternel adieu !

L'ange , l'ange étonné de ta grandeur sublime

Écoute en tressaillant ton vers profond , intime...

Et Dieu qui t'a créé son image, là-haut

Assis sur les soleils, marchepied du Très-Haut,

Dit avec cet accent qui réjouit l'espace,

Les mondes infinis courbés devant sa face,

Dit, quand ta voix sacrée exalte le Seigneur :

« Oui mon plus bel ouvrage est l'homme ! » O profondeur !

L'archange couronné répète à Dieu lui-même

Ces deux vers résumant sa puissance suprême :

» Et chaque être mortel par le temps emporté,

» Est un hymne de plus à ton Éternité ! »

Voilà comme chantait le glorieux prophète

Dont l'Église à toute heure avec amour répète

Les Psaumes triomphants et les cris de douleurs,

Les cantiques de joie et l'oraison des pleurs,

Voilà la Poésie et la vaste éloquence

Du Docteur immortel à qui la belle France

Élève un monument sur le sol africain !

Voilà la profondeur du grand Saint-Augustin !

Voilà comme l'église inspire les poètes !

Elle donne à leur voix la beauté des Prophètes !

Église catholique, ô Soleil, tes rayons

Rejaillissent sur nous en inspirations !

Sur ton sein maternel qui chauffe et vivifie,

Le pauvre a plus d'amour et de philosophie

Que tous ces orgueilleux philosophes... La paix !

La vérité ! l'amour ! voilà tous tes bienfaits !...

Tu souris au chrétien, et bientôt dans son âme

L'intelligence allume une sublime flamme...

O génie ! ô rayon de l'immortalité,

Tu germes dans l'Église avec la charité !

Lamartine, inspiré par le Catholicisme,

A fait pâlir le front brillant du Paganisme !

Quand son âme s'embrase et se met à chanter,

Quel poète pourrait devant lui subsister ?

18

C'est l'étoile au milieu des épaisses ténèbres !

La lune dissipant les fantômes funèbres !

C'est le soleil qui sort de l'immense océan :

Et les flambeaux mortels rentrent dans le néant !

Quand nous lisons tes vers , Poète incomparable ,

Notre âme s'agrandit ! Ta pensée admirable

Nous transporte au-dessus du visible univers !

Nous croyons assister aux éternels concerts

Qu'en roulant , gravitant sur leur axe de flamme ,

Donnent tous les soleils à l'oreille de l'âme !

Avec toi nous allons gémir aux pieds de Dieu...

Oh ! qui n'a pas de pleurs à verser au saint lieu ?

Quel homme ne sent pas le besoin salutaire

De courber à l'autel son front nu vers la terre ?

Oh ! qui n'a pas péché ! qui ne s'écrie encor :

De l'abîme profond des ombres de la mort

J'espère en vous, Seigneur! Ayez pitié, bon Père!

Faites luire à mon cœur votre douce lumière...

Ici tout est amour! votre Fils éternel

Habite jour et nuit dans le Pain solennel...

Trop longtemps, trop longtemps loin de la blanche Hostie,

J'ai vu couler les jours! Mon âme anéantie

Ne peut se relever qu'en s'asseyant encor

Au banquet des Élus triomphant de la mort!

Où vais-je, dévoré de mille inquiétudes?

Fuirai-je encor Jésus et ses béatitudes?

Non! non! je me souviens des jours de mon printemps!

Où, si douce à mon front, glissait l'aile du temps!

J'étais encor de ceux dont l'âme catholique

Reçoit dans un amour une paix angélique,

En mouillant de doux pleurs le Banquet amoureux,

Reçoit l'Agneau de Dieu, le Pain des bienheureux!

Oh! je dis à l'orgueil, à ce monde hypocrite,

Un éternel adieu! Son faux bonheur irrite

Les passions du cœur et ne les calme pas !

Douce Communion, soyez jusqu'au trépas

Mon calice et mon Pain, ma volupté céleste !

Ma liberté du cœur... je méprise le reste !

Le doute est un martyre, et dans le Sacrement

Luit la sérénité du plus beau firmament !

On va comme en triomphe au sein de la carrière,

Traversant le tombeau qui se change en lumière !

Tout est plus doux, plus pur, plus suave ici-bas...

L'ange gardien vous suit et dirige vos pas !...

Et vous vous écriez dans une heureuse extase,

Comme Saint-Augustin : « Dieu ! votre amour m'embrase !

» Je vous aime, Seigneur, et j'en suis assuré

» Par mon cœur tout brûlant, témoignage sacré !

» Je vous aime, mon Dieu ! le Sacrement de flamme

» De consolations fait déborder mon âme ! »

Telle on voit la nature, au milieu d'un beau jour,

Être rejaillissante et de vie et d'amour !

Quand le globe de feu de l'océan s'élance

Et fait rayonner l'eau que la brise balance,

Comme un chemin ardent que l'ange du Seigneur

Laisserait sous ses pas ! Alors la tendre fleur

De diamant mouillée avec splendeur exhale,

Comme en un doux souris, son odeur matinale !

Le lis éblouissant d'une sainte beauté

Semble une fleur que jette avec sérénité

Une Vierge du ciel en disant : « Sur la terre

» L'âme pour quelques jours demeure prisonnière.

» O chrétien immortel, exilé, soyez pur

» Comme ce lis tombé des hauteurs de l'azur ! »

Et le soleil toujours, monte, monte... et la vie

Inonde la campagne exaltée et ravie !

Lamartine, souvent ton génie immortel,

Pieux comme la voix dont retentit l'autel,

M'étonne! je m'arrête... et je médite encore !

Qui donc a fait ces vers? La beauté de l'aurore

Donne-t-elle à l'esprit plus de ravissements?

Le mélodieux Chœur des nombreux firmaments

Jette-t-il, quand minuit à la voûte azurée

Promène avec mystère une paix éthérée

Que recueille le moine (exilé pour un jour)

En chantant, quand tout dort, le *Te Deum* d'amour,

Jette-t-il dans notre âme, avec plus d'harmonie,

Une clarté plus douce? O coupole infinie,

Où Jéhovah voulut que toujours enflammé

Roulât à nos regards le soleil bien-aimé,

Et puis, procession de pudiques étoiles,

Vierges au front si pur et recouvert de voiles,

Resplendissent toujours ces mondes enchantés,

Au milieu de leur reine ineffable en beautés;

O dais majestueux, l'âme de mon Poète

Est le vivant miroir où toujours se reflète,

Et ton immensité, symbole de ton Dieu,

Et ton vaste océan de flamme en ce bas lieu,

Et ton jour indécis, mystérieux et calme,

Où flotte le sommeil qui balance une palme

Au-dessus de la couche où dort le vrai chrétien,

Ange dont l'aile croît autant qu'il fait de bien !

Immortel, grandiose, étonnant, admirable,

Magnifique Poète ! O voix incomparable,

Qui proclames bien haut notre immortalité !

Et montres l'univers et la Divinité !

La foudre bondissant, terrible, échevelée,

Renversant d'un seul coup l'arbre dans la vallée,

Comme un souffle d'automne à la plaintive voix,

La feuille jaunissante au milieu des grands bois,

Les bruyants tourbillons que déchaîne l'orage

Hurlant, grondant, jetant la mer sur son rivage

Que le flot écumeux ne cesse de ronger,

Les lames s'élevant bien haut pour submerger

Le navire éperdu... Ces voix de la nature

N'épouvantent pas plus la faible créature

Que ton terrible accent au fond du cœur glacé

Où l'athéisme affreux, infernal, a passé!

Tu réveilles l'impie... et ton coup de tonnerre

Lui fait crier enfin : « Il est un Dieu ! J'espère... »

Tel le Psalmiste au pied des cèdres du Liban ,

Criait : « J'ai vu l'impie encensé sur la terre !

» Comme l'arbre il portait son front dans l'atmosphère...

» Sur son trône il brillait, mais tout à coup tombant,

    » Il n'était plus qu'une froide poussière :

» J'ai cherché ses débris sans pouvoir les trouver !

» Jéhovah, votre bras est puissant pour sauver...

» Jéhovah, votre bras est puissant pour détruire

» La lâche impiété ! « Non Dieu n'existe pas... »

» Mais voilà qu'on entend votre foudre bruire,

» Et l'athéisme hurle au milieu du trépas ! »

Le plaintif Ossian, Barde mélancolique,

Qui reçut à son front un rayon catholique,

Quand le Missionnaire en Écosse apparut,

Mais trop tôt le vieillard méditatif mourut !

Ossian, dont le nom fait frissonner notre âme,

Comme l'herbe au-dessus du tombeau de la femme

Par le guerrier pleurée ! Ossian, beau reflet

Argentant la bruyère et dorant la forêt

Comme un esprit céleste ! Ossian, voix sauvage,

Écho majestueux des bois et du rivage

Où la vague se brise en soupirs, en sanglots,

Comme l'amante, en pleurs, errante au bord des flots,

Où dort son bien-aimé sans réveil ! Douce étoile

Jetant sous un ciel sombre en traversant le voile,

Une vague lumière, un mystérieux jour !

Quel charme dans les pleurs qu'il donne au tendre amour...

On l'écoute immobile en recueillant son âme...

Il salue inspiré la virginale flamme

Glissant sur le vieux chêne et les rochers déserts...

Le fantôme voltige et passe dans les airs...

Et la brise gémit ! Voilà l'heure où le barde

Pleure les jours passés... il se tourne et regarde

Pour entrevoir de loin l'ombre des vieux héros

Qui couraient aux combats bruyants comme les flots !

Ils ne sont plus.. Bientôt le vieux barde lui-même,

Aveugle, chancelant, à son moment suprême,

Va sentir sur son front blanchi par le passé,

Du trépas voltigeant le doigt sombre et glacé !

La femme de son fils qu'il pleure et qu'il regrette

Pieusement conduit le débile Poète...

Ossian sur son luth laisse couler des pleurs...

Son fils Oscar toujours prolonge ses douleurs :

Oscar, toi tu tombas comme sur la montagne

Un chêne de Morven ! Aujourd'hui ta compagne

Soutient mes faibles pas... mon luth va s'échapper

De ma tremblante main... la mort vient me frapper...

Femme d'Oscar, adieu... Sur l'herbe de ma tombe,

Quand le rameau fané gémit, soupire et tombe,

Tu marcheras pensive, et l'écho matinal

Répétera ce cri : Dors, ô fils de Fingal !

Père d'Oscar !... Hé bien ! cet antique poète,

Ce Barde ravissant qui tristement reflète

Le sauvage pays battu des grandes eaux,

Malgré le coloris de ses divins tableaux,

Disparaît devant toi, radieux interprète

De l'immortalité ! Quel écrivain t'arrête

Dans ton sublime essor ? — As-tu des ennemis ?

Et qui donc n'en a pas ? — Mais toi, calme et soumis,

Réponds : « Je sais vider la coupe d'amertume

» Sans que ma lèvre même en garde un souvenir :

» Car mon âme est un feu qui brûle et qui parfume

      » Ce qu'on jette pour la tenir ! »

Un vers, une pensée excite un long orage,

Et Fénélon si doux n'a-t-il pas un ouvrage

Où la foudre céleste a tombé ? L'Écrivain

Devant Rome courba son front pur et divin...

Venge-toi, mon cher Maître ! Oh ! venge-toi ! ton âme

Jettera sur nous tous ta catholique flamme,

Comme après la saison des ténèbres, du froid,

Sort plus resplendissant de sa couche, le roi

Dont les gerbes de feu ressuscitent le monde

Plongé durant l'hiver dans une nuit profonde,

Et le soleil nouveau plane sur l'univers,

Et l'âme s'ouvre encor aux sentiments divers,

Et sous le dôme où passe avec mélancolie

La Vierge du printemps chastement embellie

D'une couronne bleue, on entend nuit et jour

Philomèle chanter un cantique à l'amour !!!

L'Éternel t'a guidé dans une autre carrière...

La tribune a brillé des feux de ta lumière!

Auguste défenseur de nos droits, tu parais

Toujours ami de l'homme et d'une sainte paix...

Dans toute l'assemblée un imposant silence

Attend que ton génie avec force s'élance!

Des Méditations l'inimitable auteur,

Devient en peu de temps un royal orateur!

Poésie, éloquence, oh! quelle destinée!

Que ton âme à Jésus soit toujours enchaînée...

La chambre politique est purgée... aujourd'hui

Dieu peut y triompher, car ta splendeur y luit!

Et déjà le grand nom qu'invoque l'innocence

Devient le fondement de ta grande éloquence...

Et si nous avons eu l'effrayant Mirabeau,

Athéiste terrible aux portes du tombeau,

Pour premier orateur, nous avons Lamartine

Qui s'élève plus haut... La France lui destine

Le laurier le plus beau dont un grand orateur

Puisse s'enorgueillir devant son Créateur :

L'éloquence est la Foi ! Tel le bienheureux homme

Dont se glorifiera l'inébranlable Rome,

Défendit hardiment la sainte liberté,

Fruit du Catholicisme et de la Vérité,

Fit triompher la Foi même dans la tribune,

Sans craindre de blesser l'impiété commune...

Et donna cet exemple à tous les orateurs :

Sa voix retentissait des sublimes hauteurs

Où la vraie éloquence exhausse une belle âme

Qui pénètre le cœur comme un glaive de flamme,

Et jetait sur la chambre aux regards étonnés,

Sa foudre politique... Ils étaient entraînés !...

Fais du bien, fais du bien au beau pays de France...

Défends ses libertés, protège sa Croyance...

Notre âme est toujours libre avec la sainte Foi...

Et le peuple croyant est comme un peuple-roi !...

Et le Saint-Sacrement, vainqueur des tyrannies,

Fait monter l'homme libre au sein des harmonies,

Qu'au-delà de la vue on entend dans les cieux

Où roulent des soleils les chœurs mélodieux...

L'esclave ou l'indigent, avec la Foi sublime,

Main divine qui va jusqu'au fond de l'abîme

Où gémit l'infortune, est libre et goûte encor

La volupté des cieux dans un calice d'or...

Le ciel anticipé rayonne dans l'Hostie !

Nous n'avons de bonheur que par l'Eucharistie :

Comme sans le soleil reviendrait le chaos,

De même sans Jésus un abîme de maux,

De chagrins, de regrets, de désespoir, d'alarmes,

Engloutirait nos cœurs, et dans l'éternité

De douleurs, on verrait tomber l'humanité

Après avoir mangé son pain trempé de larmes !

Le suicide., hélas ! le prouve chaque jour...

Ce lâche assassinat au terrestre séjour

Se multiplie, et l'homme ayant fait dans son âme

Mourir le Fils de Dieu, de jour en jour s'enflamme

A l'horrible penser du néant ! et son bras

Le plonge dans le sein dévorant du trépas !

O Poète-Orateur, ta destinée est belle !

Ton nom, comme une étoile à la voûte éternelle,

Scintillera sur nous ! Donne-nous de beaux vers,

Qui portent de Jésus dans l'immense univers

L'odeur eucharistique ! Oh ! sois une colonne

Ajoutée au grand temple où le Pape rayonne !

Et quand la fin du monde, ainsi que des éclairs,

Tout-à-coup serpentant et déchirant les airs,

Viendra rendre à chacun l'éternelle justice,

Donner la joie à l'un, à l'autre le supplice,

Tu recevras des mains du Très-Saint-Sacrement,
De l'amour éternel l'éternel instrument...

Lamartine est toujours le Poète sublime
Qui des cieux sait franchir l'infranchissable cime !
Il va nous réjouir par de nouveaux accents,
Embaumant les autels comme un pudique encens !

Dieu sourit : Le lis que l'aurore
Caresse avec ses doux reflets,
Reverdit, et boutonne encore
En ouvrant son calice frais,
Dont la blancheur mystérieuse
Porte à l'âme religieuse

19

Un rayon des beautés du ciel...

Cette fleur royale, embaumée,

C'est vous, c'est vous, ô lyre aimée,

O voix plus douce que le miel!

Le Tonnerre et le Serpent.

Le Tonnerre et le Serpent.

Il a dit vrai, le fameux La Fontaine,

Il a dit que les gens sans bruit sont dangereux :

Moi je vais le montrer sans peine.

Mais après lui serai-je assez heureux

D'intéresser le lecteur difficile?

Car je ne suis pas fort habile...

N'importe... après Homère on lit encor Virgile,

Quoiqu'il soit bien éloigné de celui

Dont le beau nom a traversé la nuit

Des siècles écoulés, comme un astre qui luit

Au firmament indélébile!

A Dieu ne plaise (on se tromperait bien,

Je repousse l'orgueil toutes les fois qu'il vient...)

Que je veuille égaler ma muse si modeste

Au Cygne de Mantoue à la candeur céleste,

Ce Chantre des bergers et du héros troyen...

Je veux dire par là, sans emphase et sans geste,

Qu'un mérite moins grand trouve encor ses lecteurs,

Idolâtres admirateurs

Qui dressent des autels aux écrivains classiques,

Encensant de leurs vers les beautés poétiques...

Ainsi tous sont goûtés, premiers, inférieurs...

Tous reçoivent un culte immortel, et les fleurs

Au pied de leur statue exhalent leurs odeurs.

Mais j'ai couru trop loin, car la Fable est naïve,

C'est un petit ruisseau dont l'onde fugitive

       Se perd en un instant ;

Et moi j'ai fait couler un fleuve, et l'on m'attend...

Enfin voilà ma Fable :

       Un jour que le tonnerre

Roulait, grondait, craquait dans la noire atmosphère,

Qu'il semblait ébranler le centre de la terre,

Que l'éclair serpentait et déchirait les cieux,

Et que jusqu'à l'impie au cœur pétri de glace,

Vaincus, épouvantés par le bruit furieux,

Tous les mortels avaient des sentiments pieux ;

Ah ! l'homme pense au ciel quand il se trouve en face

De la Mort à l'aspect effrayant, odieux...

Dans ce moment terrible, au milieu d'une route,

       Marchait un pauvre voyageur.

Il n'était pas trop rassuré sans doute ,

Et sous lui ses genoux se dérobaient... La peur

Est une cruelle douleur...

Notre homme épouvanté par un grand coup de foudre,

Et se croyant réduit en poudre ,

Se sentit ébranlé jusques au fond du cœur...

« Le marcher ne tint pas, il fallut le résoudre, »

Comme dit La Fontaine : il s'enfonce en un bois ,

Et toujours dans la nue il entendait la voix,

Grande, victorieuse, effroyable, terrible,

Voix proclamant de Dieu la puissance invincible,

Comme l'astre du jour son immense bonté !

Le voyageur s'assied dans une grotte obscure,

Sur les fleurs, le gazon , et la tendre verdure :

Ici, dit-il , je suis en sûreté !

Cette roche est profonde et dure.

C'est hasard si la foudre arrive jusque-là...

Je n'ai plus rien à redouter... Voilà

Qu'un nouveau craquement lui coupe la parole !

On eût dit que des cieux se brisait la coupole...

Mais ce fut le dernier, le feu ne tomba pas.

Le ciel s'éclaircissait et le soleil là-bas

Commençait à montrer sa face, quand notre homme

Pousse un cri de douleur : le malheureux, hélas !

Venait d'être mordu par l'animal qu'on nomme

Serpent... tout le venin du reptile infernal,

Rendu plus dangereux par les feux de l'orage,

Passa dans la morsure et fit un tel ravage,

Que notre voyageur succomba sous le mal

Dans la grotte paisible.

        On voit par cette Fable

Que le silencieux est le plus redoutable...

Que ce qui fait du bruit n'est pas toujours mortel.

        Dans ce récit apologique,

On peut encor voir ce trait véridique ,

Que pour fuir un danger , douteux ou chimérique ,

L'homme tombe en un mal réel !

Vendredi , 13 Janvier 1843.

HUITIÈME ÉCHO.

———

Persévérance.

VIII

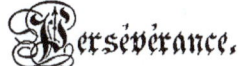

A M. l'Abbé de Lamennais.

Lamennais , Jésus-Christ t'appelle ,

Écoute la voix de ton Dieu ,

Dirige encore ta nacelle

Vers cette lumière éternelle

Du Saint-Sacrement au saint lieu !

Redoute le courant de l'onde,

Poussant de rocher en rocher,

Va sur cette terre féconde

Où resplendit la paix profonde

Que réclame enfin le nocher !

Viens, laisse reposer la rame,

Viens pleurer à l'autel d'amour,

Viens, laisse épanouir ton âme

Fatiguée au bruit de la lame

Grondant et la nuit et le jour !

Comme Hugo, poète docile

Qui revient à Dieu quand tu dors,

Qui laisse la barque fragile,

Et cherche au lieu saint un asile,

Lamennais, reviens sur nos bords !

Ah ! pleure, pleure, pleure encore,
Pleure comme l'eau dans les bois,
Pleure au Calice que j'adore
Et qui fait rayonner l'aurore
A tes yeux encore une fois !

Laisse la gloire de ce monde
Et son sourire gracieux,
Pourquoi veux-tu qu'il te réponde?
Il est orageux comme l'onde
Quand la foudre froisse les cieux !

Un flambeau brille à ta paupière,
Comme au matin sur le flot pur
Le soleil poursuit sa carrière
D'amour, de joie et de lumière
Au fond du ravissant azur !

N'étouffe pas cette pensée
Que te jette le Roi des rois;
Oh! malheur à l'âme insensée
Qui dans l'erreur s'étant lancée
Ne retourne pas à sa voix!

Malheur! n'est-elle pas l'image
De l'esquif par l'onde emporté,
Et qui ne peut gagner la plage,
Et qui brisé loin du rivage
S'engloutit dans l'éternité!...

La paix de Jésus est si douce
Au cœur exilé sur ces bords!
L'homme altéré qui la repousse
Fuit le ruisseau qui, sur la mousse,
Coule en mystérieux accords!

La paix rend notre âme assouplie,

C'est le calme sur le vaisseau,

C'est le blanc lis qui s'humilie,

C'est le frêle roseau qui plie

Sur le sein de Dieu son berceau !

La paix du Christ, c'est le zéphire

Flottant sous les bocages frais,

Quand l'étoile vient nous sourire,

Quand la vierge que l'œil admire

Glisse au front pliant des forêts !

C'est le nocher qui de sa poupe

Du port voit briller les couleurs,

C'est la lune qui se découpe

Comme à nos lèvres une coupe

Éclatante comme des fleurs !

C'est une céleste caresse

Calmant notre cœur irrité,

C'est le bras d'un ami qui presse

Notre poitrine qui s'abaisse

Comme un blanc lis trop agité!

Oh! c'est de l'âme fugitive

Les inénarrables adieux,

Quand de la vaste mer plaintive

Elle abandonne enfin la rive

Comme une colombe à nos yeux!

C'est comme la branche mobile

Que le vent balance à son gré,

Où l'oiseau gazouille tranquille

Et chante, d'une voix habile,

Du soir le silence sacré!

Paix de Jésus! ô paix chérie!
Immortel triomphe du cœur,
Délices de l'âme attendrie
Qui de la céleste Patrie
Entrevoit déjà le bonheur!

C'est notre guide sur la plage,
Afin de ne pas dériver;
Des anges de Dieu c'est l'image,
C'est le phare sur le rivage,
C'est tout ce qu'on puisse rêver:

Tel le chrétien dans un doux songe
Tressaillit de félicité,
Ce bonheur des cieux se prolonge,
Heureux, il s'y roule, il s'y plonge
Comme dans la réalité!

O prêtre de Jésus, prêtre qui le remplace !

Homme de paix ! d'amour ! homme de vérité,

Que l'ombre de ton front se dissipe et s'efface

Comme aux rayons du jour l'épaisse obscurité !

Oh ! que ces jours d'épreuve et de douleur amère

Fassent place aux beaux jours de lumière et de paix !

Que Dieu souffle en ton cœur l'haleine printanière

Comme sur le front des forêts !

Entends les soupirs de ma lyre,

C'est toute l'âme d'un ami ;

A son souris donne un sourire,

Il ne t'aime pas à demi !

Oh ! oui, je t'aime comme un frère,

Lamennais, ma voix est sincère,

Qu'elle puisse te consoler !

Dieu qui voit ton âme et la mienne ,

Bénira l'amitié chrétienne ,

Charité qui me fait parler !

Oh ! viens, viens, Lamennais, au fond du sanctuaire ,

Viens auprès du Calice et du Saint-Sacrement ,

Nous verserons tous deux devant notre bon Père

Quelques pleurs emportés jusques au firmament...

Et l'Agneau, ce Jésus qui t'aime et qui t'appelle,

Dans ses bras réjouis te pressera longtemps ,

Et nous te reverrons chanter l'hymne éternelle

Comme l'alouette au printemps !

Remonte sur ton char de flamme ,

Sur le char de la Charité ,

Et sois le pasteur de notre âme

Et l'appui de la Vérité !

Jadis ta divine éloquence

Fortifiait notre Espérance...

Tu fus la colonne de Dieu !

Remonte en la chaire sublime,

Et prêche l'auguste Victime

Toujours immolée au saint lieu !

Tel ce prêtre égaré de l'Église française,

Schisme qu'un sot orgueil enfanta dans Paris,

Vaincu par les regrets et le remords de braise,

Naguère est retourné vers ses chères brebis !

L'Église de Jésus c'est l'Église romaine !

Ce prêtre vertueux abjurant son erreur,

Est plus grand à nos yeux ! L'amour qui le ramène

     Le rend plus cher à son Sauveur !

Nos jours sont mauvais sur la terre,

Ils sont courts comme ceux du lis,

La vie humaine est éphémère

Comme l'éclat des prés fleuris !

La volupté tourmente et lasse,

La tendre jeunesse s'efface

Comme un doux songe du matin !

La gloire dessèche notre âme,

Comme la dévorante flamme

La pâle rose du chemin !

Courez, buvez, goûtez, épuisez l'existence,

Allez, venez, pleurez, désirez, regrettez,

Mourez en éteignant la lueur d'espérance

Et ces regards des cieux en votre âme jetés,

Comme le Christ jeta ses doux regards sur Pierre !

Couronnez, parfumez votre corps, fleur d'un jour,

Jouissez de la vie , aspirez la lumière

    Comme l'haleine de l'amour !!!

    Montez au sommet de la gloire ,

    Immortalisez votre nom ,

    Par une sanglante victoire

    Ou par les lauriers d'Apollon :

    O fier guerrier, remplis le monde,

    Philosophe à la voix féconde ,

    Sois le Poète universel...

    Mais voilà qu'on ouvre une tombe ,

    Le guerrier, le poète y tombe :

    L'âme est aux pieds de l'Éternel !

Le fameux Saladin , ce dompteur de l'Asie ,

Au milieu de sa gloire est frappé par la mort...

Qu'ordonna ce guerrier en laissant cette vie ?

Qu'on mit sur son cercueil des lauriers et de l'or ?

Non! — « Qu'un héraut, dit-il, porte au bout d'une lance

» Un linceul, en criant : le fameux Saladin

» N'emporte qu'un linceul de toute sa puissance! »

De la gloire voilà la fin !

Voilà la fin de toute chose !

Tout retombe en l'éternité !

Deux soleils flétrissent la rose !

Un seul moment, la volupté !

Tout se fane et court à la tombe !

Et l'homme aux pieds de son Dieu tombe,

Et reste avec lui seul à seul...

Les plaisirs ne sont plus qu'un songe,

La gloire, un remords qui nous ronge,

Et ne nous laisse qu'un linceul !

Mais toi, noble écrivain, Lamennais, chaste prêtre,

Dont le nom retentit dans la grande cité,

Fais aimer Jésus-Christ et fais toujours connaître

Les délices du Pain de l'immortalité !

Fais tomber dans nos cœurs la paix de l'Évangile,

Comme Dieu , la rosée errante sur les lis ;

Le Nouveau-Testament rend notre âme tranquille

Comme une étoile au sein des nuits !

Calme la fureur populaire ,

Que tourmente l'impiété !

Ah ! le peuple a besoin d'un frère

Qui le guide avec charité !

Ramène-le vers le Calice ,

Vers le Pain du grand Sacrifice ,

Car la Foi c'est la volupté !

Si le peuple adore l'Hostie ,

Et s'il mange l'Eucharistie ,

Il a trouvé la liberté !!...

Rappelle l'univers à l'Église romaine,

L'univers chaque jour rentre dans l'unité,

Et l'odieux Luther n'est plus qu'une ombre vaine,

Un pâle souvenir devant la Vérité !

Comme la nuit s'efface aux lueurs de l'aurore,

Ainsi devant les feux du radieux soleil,

Le Pape éclairant tout, Luther s'efface encore

Comme un songe affreux au réveil !!

Le Saint-Esprit darde ses flammes

Sur tous les peuples d'ici-bas,

Il réchauffe toutes les âmes :

Malheur à qui ne le voit pas !

La parole du Fils de l'Homme

S'élance du trône de Rome,

Et retentit dans l'univers :

La Religion-Catholique

Dissipe le Culte hérétique
Au bruit de ses divins concerts !

Telle à Rome jadis, l'Église primitive,
Pour détruire Vénus, Junon et Jupiter,
Du Tibre par son sang teignait l'eau fugitive :
« Je suis Chrétien ! » C'était son sublime concert !
Et ce mot répété jusque dans notre France,
Du païen renversa les temples odieux !
Rome se fit chrétienne, et l'univers immense
Aujourd'hui prend le Pain des cieux !!

Poursuis donc, poursuis ta carrière,
Combats, ô Prêtre de Jésus !
Chaque apôtre est une lumière
D'amour, de paix et de vertus !
Et disciple du Fils de l'Homme,
Il voit dans le Pape de Rome

Le centre de la Vérité !
Et son ambition profonde,
C'est d'y conduire tout le monde
Par la main de la Charité !

Prêche la paix, l'amour, la joie et l'innocence,
Afin de faire asseoir à la table des cieux
L'homme, triste exilé qui n'a que l'espérance
Pour adoucir les pleurs qui roulent dans ses yeux !
Répète de Jésus la parole ineffable :
« Mangez ma chair, buvez mon sang et vous vivrez! »
Voilà la mission d'un prêtre véritable !
Oh ! que ses devoirs sont sacrés !

Ainsi cet Homme dont la gloire
Vivra plus que notre univers,
Vincent, d'immortelle mémoire,
Apôtre vainqueur des enfers...

Vincent prêcha toute sa vie
La Charité, l'Eucharistie !!!
Et jusqu'à son dernier soupir
Il fut le bienfaiteur du monde...
Vincent, ô Charité féconde,
Tu n'aurais dû jamais mourir !

Lamennais ! Lamennais, marche donc sur ses traces...
Aide le Saint-Esprit à changer l'univers !
Si tu combats encor, que d'actions de grâces,
Tous, nous ferons monter dans nos pieux concerts !...
Va, cours à la victoire, ami, Jésus t'appelle...
Tu dors... sois le lion terrible à son réveil...
Gagne à l'Eucharistie une troupe infidèle !
Mène le peuple au vrai Soleil !

N'as-tu pas assez d'éloquence
Pour foudroyer l'affreux Luther?

C'est un squelette qui s'avance

Dans les abîmes de l'enfer !

Et même au sein de l'Angleterre,

Il se meurt comme une vipère

Qu'emprisonne un marbre glacé...

L'Église fait gronder sa foudre,

Le hideux Luther tombe en poudre...

Son règne est à jamais passé !!

Va, frère bien-aimé, va briser l'Hérésie,

Comme la foudre brise un chêne audacieux,

Fais briller dans tes mains la Victime chérie,

Soleil intérieur, Sacrement radieux !

Seul espoir des mortels qui penchent vers la tombe...

Gage heureux et certain de l'immortalité !

Pain qui donne à la mort des ailes de colombe

Pour sillonner l'immensité !

Appui dans les jours de vieillesse,

Remède de l'âme et du corps,

Consolation, allégresse,

Et résurrection des morts !

Volupté de l'âme immortelle !

Flambeau de la vie éternelle,

Étoile dans l'obscurité,

Tendre main qui sèche nos larmes,

Océan d'amour et de charmes,

O Pain de l'immortalité !

Ah ! le plus grand malheur qui pèse sur nos têtes,

C'est de ne pas manger la chair de Jésus-Christ !

Ah ! c'est d'être privés des éternelles fêtes

Où les chœurs des chrétiens s'en vont comme un seul cri

Jusqu'aux pieds de l'Agneau, jusqu'au trône du Père,

Comme un rayon brûlant qui rejoint le soleil !

Dédaigner le Calice est un coup de tonnerre...
C'est la mort... et non le sommeil !

Lamennais, ô mon tendre frère,
Écoute les cris de mon cœur...
Je sais que la vie est amère,
Et que tu bois à la douleur !
Mais l'amertume de tes larmes,
En un calice plein de charmes
Va se changer bientôt, crois-moi !
Relève ton auguste tête...
Du haut des cieux, l'Agneau te jette
La Paix qui va briller en toi !

Telle après un long jour de chaleur et d'orage,
Quand sous un ciel obscur et sillonné d'éclair,

21

La foudre a déchiré le ténébreux nuage
Et fendu le grand chêne au front sublime et vert,
La nature revoit la plus douce lumière,
La brise se jouer sur le lac azuré,
Le calme, la fraîcheur inonder sa paupière
      A travers un soleil doré !

      Ma harpe sous mes doigts frissonne,
      Le printemps balance mon cœur,
      Mais la douce paix du Seigneur
      Est une lyre qui résonne !

La paix de Jésus-Christ fait tressaillir mon sein,
Comme le rameau vert sous la brise nocturne,
Et la fleur tour-à-tour penche et lève son urne
Ainsi que l'encensoir embaumé du lieu saint !...

Des coteaux ombragés s'élance
Le ruisseau qui va s'égarer,
Comme lui qu'il est doux d'errer
Dans la verdure et le silence !

Heureux l'homme docile à la voix de Jésus
Sous l'étendard sacré de l'Église immortelle ;
Se nourrissant d'un Dieu dans l'Hostie éternelle,
Il répandra partout l'encens de ses vertus !

Une allégresse intérieure
Un avant-goût du Paradis,
Un parfum plus doux que les lis
Le bercera dans sa demeure !

Auguste Sacrement, céleste volupté,
Tout est beau, tout est doux à travers votre prisme,
Vous embellissez tout, ô saint Catholicisme,
Vous êtes l'océan de la félicité !

Au regard du vrai catholique
Tout s'embellit, tout est plus beau :
Dans les bois le chant de l'oiseau
Lui paraît une hymne angélique !

Quand la brise frissonne au sommet d'un grand bois
Dont la voûte agitée est comme un flot qui passe,
Quand le roseau gémit, son cœur prie et rend grâce,
Comme s'il entendait l'orgue à la sainte voix !

Son âme est libre, elle s'élance
Sur l'aile de la Charité,
Comme au sein de l'immensité
L'aigle vainqueur de la distance!

Si quelquefois ses yeux laissent tomber des pleurs,
C'est quand il voit souffrir un frère en l'indigence!
C'est quand il prend le Pain vivant de l'espérance;
Mais ces larmes d'amour s'en vont vers les splendeurs.

Ainsi la limpide rosée
Du sein parfumé de blancs lis,
Sur les doux rayons attiédis
Monte au ciel comme une pensée!!

Il voit ses jours s'évanouir
Et s'effeuiller comme une rose
Où le beau papillon se pose
Avant de se flétrir!

Ici-bas il passe
En faisant le bien,
Il prie et rend grâce
Dans son cœur chrétien...
Et chaque journée
Dans la nuit fanée
Est comptée aux cieux...
(Belle destinée
De l'homme pieux!)
Il nourrit son âme
D'un Pain qui l'enflamme

D'amour radieux !

Armé d'une palme,

Il s'avance calme

Et victorieux,

Vers la froide tombe

Où, quand le corps tombe,

Notre âme est aux cieux :

Comme l'astre immense

Plus jeune et plus pur,

En mourant s'élance

Dans un autre azur !

Et le Dieu fait Homme

A son Père nomme

Son fidèle nom :

Jéhovah rappelle

Son âme immortelle

Du triste vallon,

Il envoie un Ange

Lui toucher le front,

Et quand son corps change,

Sa belle âme fend

Le limpide espace

Où bientôt s'efface

Son vol triomphant !

Dans l'essor rapide

Le bel Ange guide

Le Chrétien élu ;

Qui déjà soupire

Sur la douce lyre

Le nom de Jésus,

Avec le saint Ange

Dont la voix étrange

Émeut tous les cieux :

Aux terrestres lieux

Du fond d'un abîme

L'aigle au vol sublime

Fait monter l'aiglon !

Tous deux dans l'espace

Où leur vol s'efface,

Rapides s'en vont ;

Ou bien tels encore

A la belle aurore,

Deux oiseaux des champs

Perçant l'étendue,

Au fond de la nue

Gazouillent leurs chants !

Sois heureux, ô grand homme, enfant de l'Évangile,

Que le cours de tes ans soit un ruisseau tranquille

Sous la voûte des bois coulant mélodieux !

Le prêtre, c'est un ange en ces terrestres lieux ;

Sur son limpide front la chaste modestie

Rayonne avec amour, comme Dieu dans l'Hostie !

Le prêtre, c'est la paix, la joie et la douceur,

Le miroir où se peint notre éternel Sauveur !

Le prêtre, c'est la voix salutaire et féconde,

C'est le salut des mœurs et l'ornement du monde...

C'est, comme dit l'apôtre, ici-bas un soleil,

L'aurore du grand jour de l'éternel réveil !

L'étoile de nos cœurs, le calme de notre âme !

Pour monter à Jésus, c'est une aile de flamme...

C'est l'aigle qui nous fait franchir l'immensité

En nous donnant le Pain de l'immortalité !

C'est l'inflexible appui, la colonne de Rome...

L'asile inviolé des misères de l'homme !

C'est l'Ange de la joie et du funèbre deuil :

Il nous prend au berceau, nous reçoit au cerceuil !

Quand nous sommes couchés dans le lit de la tombe ;

Il s'en va jusqu'à Dieu dans son vol de colombe,

Lui présenter le corps, le sang de Jésus-Christ

Pour délivrer notre âme... et le Père attendri

Nous reçoit dans son sein ! O mission du prêtre !

O grande dignité, qui pourrait te connaître

Sans t'aimer, sans t'aimer d'un amour triomphant !

Le prêtre, c'est l'ami de l'homme et de l'enfant !

Le prêtre enfin, le prêtre est un Dieu sur la terre...

Son bras du Tout-Puissant détourne le tonnerre...

Tel tu fus, ô Vincent, la gloire des Français !

Homme de charité, d'innocence et de paix !

Quel cœur ne s'émeut pas à ta sainte mémoire ?

L'univers tout entier fut ton champ de victoire !

Tes bienfaits inouis, comme un soleil d'amour,

Inondent à jamais le terrestre séjour !

Le protestant lui-même, en contemplant ta face,

Admire notre culte et sans retour l'embrasse !

Et l'athéisme affreux, en voyant tes vertus,

Sent son cœur s'émouvoir et proclamer Jésus !

Lamennais, sauve notre France,

Souviens-toi de ta mission,

Ta parole a de la puissance

Sur cette grande Nation !

Dans l'éternel Catholicisme,

Contre l'Hérésie et le Schisme,

Contre le froid Philosophisme,

Soutiens-la jusques à la mort !

L'univers chrétien te contemple !

Donne au monde un sublime exemple...

Aux autels romains du Grand-Temple

Brille comme une lampe d'or ?

TABLE.

TABLE

—

ÉCHOS POÉTIQUES DE L'AME CHRÉTIENNE.

LIVRE DEUXIÈME.

Fin de la Table du premier Volume.

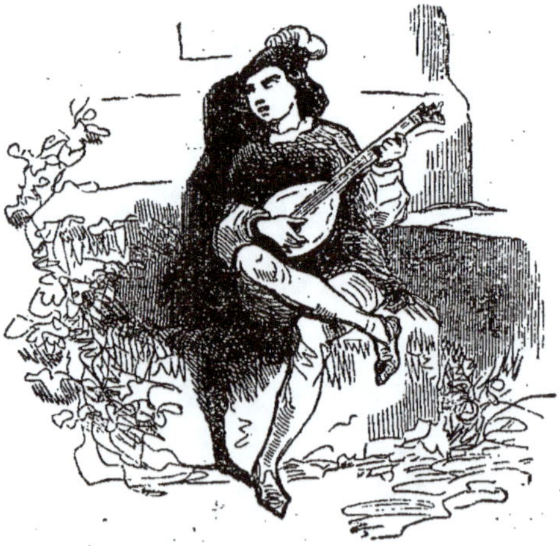